我们

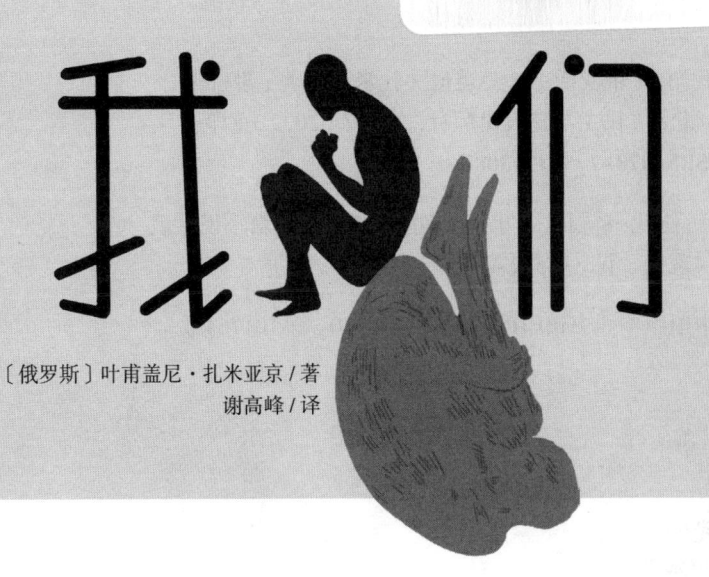

〔俄罗斯〕叶甫盖尼·扎米亚京 / 著
谢高峰 / 译

民主与建设出版社
·北京·

◎ 民主与建设出版社，2020

图书在版编目（CIP）数据

我们／（俄罗斯）叶甫盖尼·扎米亚京著；谢高峰译. -- 北京：民主与建设出版社，2020.7（2022.3重印）
ISBN 978-7-5139-3087-1

Ⅰ.①我… Ⅱ.①叶…②谢… Ⅲ.①长篇小说—俄罗斯—现代 Ⅳ.①I512.45

中国版本图书馆CIP数据核字（2020）第101764号

我们
WOMEN

著　　者	〔俄罗斯〕叶甫盖尼·扎米亚京
译　　者	谢高峰
责任编辑	刘树民
装帧设计	@嫁衣工舍
出版发行	民主与建设出版社有限责任公司
电　　话	（010）59417747　59419778
社　　址	北京市海淀区西三环中路10号望海楼E座7层
邮　　编	100142
印　　刷	三河市同力彩印有限公司
版　　次	2020年8月第1版
印　　次	2022年3月第2次印刷
开　　本	880毫米×1230毫米　1/32
印　　张	8
字　　数	158千字
书　　号	ISBN 978-7-5139-3087-1
定　　价	49.80元

注：如有印、装质量问题，请与出版社联系。

目 录

笔记一	1	笔记十一	63
笔记二	3	笔记十二	69
笔记三	10	笔记十三	74
笔记四	15	笔记十四	81
笔记五	21	笔记十五	85
笔记六	25	笔记十六	91
笔记七	34	笔记十七	99
笔记八	41	笔记十八	107
笔记九	48	笔记十九	115
笔记十	53	笔记二十	122

笔记二十一	126	笔记三十一	190
笔记二十二	133	笔记三十二	200
笔记二十三	138	笔记三十三	208
笔记二十四	144	笔记三十四	210
笔记二十五	149	笔记三十五	221
笔记二十六	158	笔记三十六	229
笔记二十七	163	笔记三十七	234
笔记二十八	171	笔记三十八	239
笔记二十九	181	笔记三十九	243
笔记三十	185	笔记四十	250

笔记一

> 提要：通告。最英明的路线。史诗。

今天的《国家报》上刊登了一则通告，现将其逐字抄写如下：

再过120天，"一统号"就造好了。"一统号"升空的伟大、历史性的一刻即将来临。一千年前，你们的英雄祖辈征服了全世界，使之归顺大一统国。如今有一项更光荣的任务等着你们去完成：驾驶玻璃制电动喷火式"一统号"飞船求出宇宙无穷方程式的积分。你们要把造福的理性的枷锁套在寄居在其他星球上的未知居民的脖子上——他们可能还生活在原始的自由状态。我们给他们送去数学式的精确无误的幸福，他们要是不接受，我们就强迫他们接受，这是我们的责任。不过，在动用武力之前，我们先试验一下语言的威力。

以造福主的名义向大一统国全体居民发出以下通告：

凡自认为有能力者，均应创作论文、史诗、宣言、颂歌或其他作品，歌颂大一统国的宏伟壮丽。

这将是"一统号"运送出的第一批货物。

大一统国万岁！号民万岁！造福主万岁！

我写上述文字的时候觉得自己的脸在烧。是的：彻底求出大宇宙方程式的积分；是的：把野蛮的曲线展开，沿切线方向，也就是渐近线方向，按照直线的标准弄直。大国的路线就是一条直线。伟大、神圣、正确、英明的直线——一切路线中最英明的路线……

我是号民D-503，"一统号"的建造者，我只是大一统国众多数学家中的一员。我的笔写惯了数字，无力写优美动听的音乐。我什么都不想做，只写我的所见所想——说得更准确些，写"我们"的思想（没错，是我们，就让"我们"作为这部笔记的总标题吧）。然而，我要写的这些东西无疑源于我们的生活，源于大一统国数学式的完美生活，如果真是这样，我要写的东西就其本质而言，不就违背我的初衷变成一首史诗了吗？肯定如此，我相信，我知道肯定如此。

写的时候我觉得自己的脸在烧。这种感觉可能就跟女人初次听到自己体内幼小、尚未睁眼的胎儿的心跳声时差不多。这是我，却又不是我。以后的几个月，她得用自己的体液、自己的血液孕育它，然后——痛苦地分娩，把它放在大一统国的脚边。

但我准备好了。就跟所有的号民一样，或者说就跟几乎所有的号民一样。我准备好了。

笔记二

提要：芭蕾。正方形的和谐。未知数 X。

春天。从绿墙外面，从远处看不到的荒野中，吹来了黄色的裹着蜜的花粉。这种甜蜜的花粉使嘴唇发干——你总得用舌头去舔它——你遇到的每一个女人（当然也包括男人）肯定都有着这样香甜的嘴唇。这跟逻辑思维有些冲突。

然后，哦，那是多美的天空！蓝色的，未受到一片云的污染（看那一团团的雾气多么可笑，乱七八糟的，像白痴一样相互拥挤、推搡，古代的诗人若是从它们身上寻找创作的灵感，那古人就太可笑了）。我只爱今天这样的天空，没有一点生气，蓝得又没有一点瑕疵——我说的是"我们"爱，我确信我说的一点没错。在这样的日子里，整个世界就像是用永不移动、永远存在的绿墙那样的玻璃浇铸的。在这样的日子里,你能看到万物深蓝色的本质,看到万物迄今为止令人意想不到的奇妙的方程式——而且是从最普通、最平常的事物中看到的。

就说这件事吧。今天早晨我来到"一统号"建造机棚——突然看到了那台机器:调节杆的圆球闭着眼睛但显然在旋转;曲柄轴闪着光左摇右摆;平衡器骄傲地晃着肩膀;刨槽机的刀具随着某种无声的音乐的节奏频频下蹲。我突然看到了这台沐浴在蓝色阳光下的机器芭蕾的全部壮美。

可为什么——我接着想——是美的?舞蹈为什么是美的?答案是:因为舞蹈是一种"非自由"的运动,因为舞蹈的一切基本意义就在于绝对的审美服从,在于完美的"非自由"的状态。我们的祖先在生活中最兴奋的时刻若真的常常手舞足蹈,那就只能说明一件事:非自由的本能自古以来就是人类天性的一部分,而我们在今天的生活中只是有意识地……

我得暂时停笔,以后再写:对讲机响了。我抬头一看,果真是O-90。再过半分钟她就来了,她约我去散步。

可爱的O!我总觉得她长得很像她的名字,比《母亲标准》中的规定矮10厘米,因此身体显得圆乎乎的,粉红色的嘴唇呈O形,总张着期待着我说的每一个字。还有,她手腕处的褶皱也是圆乎乎的,就像孩子的一样。

她来了,我的逻辑飞轮仍在我的脑袋里嗡嗡转,惯性使我开始说我刚刚想到的那个公式——涵盖了我们、机器和舞蹈的那个公式。

"很奇妙，是不是？"我问。

"没错，很奇妙。春天来了。"O-90面色粉红，看着我笑。

是了。您听听：春天来了。她说春天来了。这些女人。我什么也没说。

我们出去了。街上挤满了人。每逢这样的天气，午饭过后，我们常常会花上一个小时的"个人时间"做一次额外的散步。像往常一样，音乐工厂的全部铜管乐器在演奏《大一统国进行曲》。号民们四人一组排成整齐的队伍大步朝前走——号民成千上万，都穿着天蓝色的制服，胸前都佩戴着其所在国的金黄色的号牌。我，更准确地说是我们，是这股大洪流中无以计数的浪花中的一个。我的左边是O-90（若一千年前我的哪个浑身长毛的先祖正在写这句话，肯定会在她的名字前加上"我的"这个可笑的字眼）；右边是两个号民，一男一女，我不认识。

蓝色的天空使人心里痛快，每个号牌上面都是一个个初升的小太阳，那一张张脸丝毫没有受到思想这类疯狂东西的影响。阳光，你懂的。万物都由某种统一、发光、微笑的物质组成。铜管乐的节奏：嗒——嗒——嗒。嗒——嗒——嗒。铜管乐的节奏在阳光下闪着亮光。节奏每动一下都会越来越高地把你带往那令人眩晕的蓝色的天空……

然后就像今天早晨在机棚中那样，我又一次看到了，就像是平生第一次看到，看到了眼前的一切：永远笔直的街道，闪光的玻璃人行道，绝美的六角形的透明住宅，灰蓝色的整齐和谐的方队。我觉得我——不是我这代人，而是我自己——战胜了古老的神和古老的生活，这些东西都是我创造的，我就像一座高塔，胳膊肘也不敢动，生怕毁掉那些墙、那些圆顶、那些机器……

然后那一刻来了，那是跨越数个世纪的一跳，从"+"号跳到了"-"号。我回想起了（显然是由于对比产生的联想），我突然回想起了在博物馆中看过的一幅画：一条20世纪的大街——街上有那么多的人，都穿着花哨的衣裳，挤来挤去，还有车轮、动物、海报、树木、色彩、鸟儿……他们说当时的生活的确是这个样子。有可能是这样。这种生活好不真实，好白痴，我忍不住笑了。

这笑声的回响从我的右侧突然传来。我扭头一看。眼前出现了两排牙齿——白的，白得异常尖利的牙齿——还有我不认识的一张女人的脸。

"抱歉，"那女人说，"您的眼神中透着神灵的启示——就像神话中说的创世第七日中的某个神。我想您会认为您也创造了我——您创造的，不是别的神创造的。我很是受宠若惊……"

那女人说这番话时表情自然。我甚至得说，她的语气中透着几分尊敬（或许她知道我是"一统号"飞船的建造者）。可我不知道——在她的眼睛周围还是眉宇间有一个让人气恼的奇怪的X，我一点都不知道那是怎么回事，不知道怎么用数字描述。

不知为什么，这件事让我觉得不自在，还稍稍有点困惑，于是我开始运用逻辑推理解释我为什么笑。这种反差，这种过去和现在的不可逾越的鸿沟，我是再清楚不过的……

"不可逾越？为什么？"（好白的牙齿！）"您可以在鸿沟

上面建一座小桥。试想一下：上面有鼓，有队伍，有方队——人们过去也经常这么做。因此也应该……"

"是的，没错，就这样！"我叫道。这就是思想互换的一个神奇的例子——她说的和我散步前写的那些话几乎一模一样。你懂吗？就连思想也可以互换。这是因为人不是"唯一"的，只是"之一"而已。我们这么像……

她说："您确定吗？"

她朝太阳穴那里抬眉时，我看到她的眉毛被弄出了锐利的棱角——就像组合成X形的尖利的犄角，不知为何我又困惑了。我朝右看，朝左看……然后……

她就在我右边——身材修长、轮廓分明、坚硬又柔韧，就像鞭子。号民I-330：此刻我看清了她的编号。我的左边是O，完全不同的O，身体上的一切都是圆乎乎的，连胳膊上婴儿般的褶皱也是圆乎乎的。我们这组人的最后面有个男性号民，我不认识。他的身体折成两道弯，就像字母S。我们都不一样……

右边的那个I-330想必注意到了我困惑的表情。

"是的……太糟糕了！"她叹道。

这个"太糟糕了"无疑说得无比恰当。但她的脸上，或许声音中，又透露出了某种东西……

于是我一反常态很唐突地说："没有什么事是太糟糕的。科学在进步，这是很明显的，也许不能马上解决，但再过50年或者100年……"

"就连每个人的鼻子……"

"没错,鼻子!"我的确是在大叫了,"一旦有……不管出于什么原因嫉妒。一旦我有了纽扣样的鼻子,别人有了……"

"嗯,到时候若真的那样,您的鼻子就像人们过去常说的,还是很'古典式'的呢。可您的手……不,现在就让我看看,让我看看您的手!"

我受不了别人看我的手。我的手上都是粗粗的汗毛,有些返祖现象,很难看。我伸出手,尽可能用一种平静的声音说道:"一双猴子的手。"

她看看我的手,又看看我的脸。

"没错,搭配得出奇地好。"她用眼睛掂量掂量我,就好像我正蹲在一架天平上,她的眉毛又像犄角了。

"他是我的。"O-90咧着嘴快活地笑着。

当然了,她要是什么都不说就更好了——她纯粹是在胡说。还有,那个可爱的O——怎么说呢?——她的语言设定的速度不对。语速(说话的速度)一定要略低于思想的速度,而不是相反。

大街尽头,蓄能大楼上的钟敲响了17点。个人时间结束了。I-330跟那个身体呈S形的男性号民一起走了。我一看到他那张脸心中就生出几分尊敬,我现在看清了,那是一张很熟悉的脸。我在哪里见过——只是现在想不起来了。

分手的时候,I-330又把眉毛弄成X形冲我笑道:"后天去112号大教室见我。"

我耸耸肩说道:"我得着命令就去。至于您说的大教

8

室……"

我不知道她怎么那么自信,她还说:"您会收到的。"

这个女人好烦,我觉得她就像一个无理数,很意外地偷偷爬进了你的方程式,让你再也解不出来了。我喜欢和我可爱的O待在一起,哪怕待一会儿也好。

我们手牵手穿过四条大街。到了街角,她要朝右走,我要朝左走。

"我今天特别想去您那里,放下窗帘。今天——就是此时此刻。"O说完,抬起头用她那双水晶般的蓝色的圆眼睛害羞地看着我。

她真可笑。可我又能说什么?她只是昨天才和我在一起的,她跟我一样都很清楚我们的下一个"性爱日"是在后天。她的思想只是有点超前,就像点火装置中的火花,燃烧得太早了,而这是有害的。道别的时候我吻了她两次——不,我得说实话——是三次,我在她那美妙的、丝毫没有受到云雾污染的蓝眼睛上吻了三次。

笔记三

提要：短上衣。墙。图表。

我看了一下昨天写的东西，发现写得不够清楚。我是说"我们"都很清楚那是怎么回事。可谁知道呢？也许你们——这些我不认识的人——会收到我的笔记，"一统号"会把它们送给你们的——那部伟大的文明史，也许你们只读到了我们的先祖900年前读到的地方。也许你们连最基本的常识也不懂——比如"时间表""个人时间""母亲标准""绿墙""造福主"。我觉得好可笑，又觉得很难谈论这些东西。就好比一位20世纪的作家在他的小说中不得不解释什么叫"短上衣""妻子""公寓"一样。而且，他的小说若是翻译给野蛮人看的，不给"短上衣"这个词加脚注都行不通。

我确信野蛮人看到"短上衣"这个词时肯定会想：这东西有什么用？只是个累赘。我想若我对你说，"两百年大战"过后，就没人去过绿墙的那一边，你很可能就会用野蛮人那样的眼神看我。

可我亲爱的读者们，你们得略微动动脑子才行。动脑子很有用。因为，你们知道吗，据我们所知，人类的整个历史就是从游牧生活过渡到定居生活的过程。这样看来，最稳定的生活（我们的生活）不就是最完美的生活（我们的生活）吗？古时候的人们常常从地球这头流浪到地球那头，可那都是史前的事了，那时候有国家、战争、贸易，还发现了这个美洲、那个美洲。可现在为什么还要这么做？有必要吗？

我得承认人们不会马上就喜欢上这种定居生活。两百年大战毁掉了所有的路，也一并毁掉了路上的草——第一次在城市里生活，人与人之间被这种乱七八糟的绿东西隔断了，想必会很不舒服。这样有什么样的后果？人的尾巴掉了，得需要一小段时间才能学会怎么驱赶苍蝇。我毫不怀疑地认定，人第一次试着赶苍蝇的时候，肯定会想起自己的那条尾巴。可现在——你能想象自己留尾巴的样子吗？或者你能想象自己连"外衣"都不穿就赤身裸体地在街上走吗（也许你还在穿着"外衣"闲逛呢）？同样的道理，我无法想象一座没有绿墙包围着的城市是什么样子。我同样无法想象一种没有被时间表的数字长袍包裹着的生活是什么样子。

时间表——此时此刻就挂在我的墙上，金色的底衬托着紫色的数字，用严厉又温柔的目光直盯着我的眼睛。我不由得想起了古人所说的"圣像"，我感觉自己像在写一首诗或祈祷文（二者是一样的东西）。哦，我多想成为一个诗人，用恰当的言辞颂扬你们！哦，时间表！哦，我的心！哦，大一统国的心跳！

　　上学的时候，我们（也许也包括你在内）经常阅读古代文学中的最高成就，也就是《列车时刻表》。然而，把它和时间表放在一起对比，你会发现一个是石墨，一个是钻石。二者均由同一种元素构成——C元素，也就是碳——但钻石竟是那么的永恒、透明、闪亮！他快速翻看《列车时刻表》的时候为什么不屏住呼吸呢？但时间表——让身处光天化日之下的每一个人都变成了有着六个轮子的史诗般的钢铁英雄。每天早晨，在同一时刻，我们这些长着六个轮子的精密机器会同时起床，我们有几百万人，却又像是一个人。也是在同样的一个时刻，我们这几百万人就像一个人一样开始工作。过后，我们这几百万人又像一个人一样停止工作。然后，我们就像一个长着几百万只手的躯体，依照时间表上显示的时间，在同一时刻一起把勺子送往嘴边。又是在同样的一个时刻，我们下班去散步，去大教室，去泰勒训练大厅，然后上床睡觉。

　　我想对你完全坦白：即便这样，我们还是没能百分百准确地解决幸福的问题。每天两次——16点到17点一次，21点到22点一次——这个庞大的躯体会分裂成单个的细胞。这就是"个人时间"，都是时间表上规定好的。在这段时间里，你会看到有些人藏在屋子里，窗帘拉得不高不低；有些人随着铜管乐器演奏的进行曲的节奏在大街上迈着大步朝前走；还有些人，就像此时此刻的我，会伏在桌旁。但我坚信——就让他们叫我理想主义者和梦想家吧——我坚信迟早有一天我们会在总方程式中为这些时间找到一席之地。总有一天，这86 400秒都会显现在时间表上。

过去，人们生活在自由中——也就是混乱、荒蛮的状态，我看过、听过关于那个时候的很多不可思议的事。在这些事件当中最令我难以置信的，是那个时候的政府，尽管处于发展的初级阶段，还不成熟，却没有我们这样的时间表，人们可以自由自在地生活，散步不是强制性的，也没有固定好的精确的吃饭时间，什么时候起床、睡觉完全由个人意愿决定。有些历史学家甚至宣称，那个时候的街灯总是整夜整夜地亮着，人们整夜在街上散步、开车。

这些事我就是理解不了。无论他们的推理能力多么有限，也应该知道那样的生活无异于谋杀，是犯了死罪——只是那是一种缓慢地、一天天都在犯的谋杀罪。政府（或人类）不会判处一个人死罪，却可以一次性同时杀掉数百万人的一点寿命。杀死一个人——也就是从全人类的寿命中杀掉50年——是犯罪；然而，从全人类的寿命中杀掉5 000年——并不是犯罪！真的不是犯罪，可笑吗？这个道德数学上的问题放到今天，随便哪个号民用半分钟就可以解决掉，那个时候的人们却没有这个能力。把那个时候的康德式的哲学家都集中到一块也解决不了这个问题，因为哪位哲学家都没有想到可以建立一种科学的道德体系——也就是基于减法、加法、除法和乘法的道德体系。

然后——一个对性生活不加任何控制的政府（竟敢自称政府，真是胆大包天），不可笑吗？和谁做，什么时候做，想做多少完全看个人意愿……一点都不科学嘛，这简直就是动物的行为嘛。他们还像动物一样盲目地生孩子。会园艺、会养家禽、会养鱼（我们有非常准确的记录，知道他们会做这些事），却不知道怎么爬上这架逻辑梯子的最后一个梯级：生子——真可笑。他们根本想不出我们的《母亲标准》和《父亲标准》这类东西。

这件事真可笑，真不可思议，我写的时候还在担心我的陌生读者会误认为我在开恶意的玩笑。你可能会突然觉得我在笑话你，在一本正经地跟你胡扯。

可我想说的是，首先，我没和你开玩笑——开玩笑就是说谎；其次，大一统国的科学宣称古人的生活就跟我描述的一模一样，大一统的科学是不会犯错的。还有，以前的人们生活在自由的状态中——也就是像畜生、猴子和牛那样生活，这样的一个政府的逻辑又从何而来呢？如果今天你仍能偶尔听到从洼地中、从毛茸茸的深渊中传出的野蛮如猴子的尖叫声那样的回响，你对他们还能有什么指望呢？

幸好只是偶尔听到，幸好只是一些局部的小问题，修理起来很容易，不至于让这架永远运动的伟大机器停下来。有些螺栓弯了，需要卸掉，我们有造福主那双技术娴熟、沉重有力的大手，我们还有守卫者的火眼金睛。

写到这里我想起了昨天那个身体呈S形、两道弯的号民——我想我曾见他从保卫局里出来。我现在懂了，为什么会对他有那种出于本能的尊敬，当那个奇怪的I-330当着他的面……我为什么会感到局促不安……我得承认I-330……

那是睡觉的铃声。22点半了。明天见。

笔记四 | 提要：带晴雨表的野蛮人。癫痫。如果。

迄今为止，我对生活中的一切都是清楚的（我好像对"清楚"这个词有着某种偏爱，这不是无缘无故的）。但今天……我困惑了。

首先，正如她对我说的，我真的得到了去112号大教室的命令。尽管可能性是这样的：

$$\frac{1\,500}{10\,000\,000} = \frac{3}{20\,000}$$

1 500是大教室的数量，10 000 000是号民人数。

其次，然而，最好还是按顺序来。

大教室，一个阳光普照的巨型玻璃半球。一圈圈剃得油光锃亮的光头，煞是好看。我的心稍稍沉了下去，朝周围望着。我想我在搜寻我那个可爱O的粉红色的月牙形的嘴唇是否正在蓝色制服的海洋上空闪烁。那里……就像某个人的闪着光的极白的牙齿……却不是，不是她的。今晚9点，O就要去我那里了——我想在那里见到她，这是再自然不过的事。

铃响了。我们起身合唱《大一统国国歌》，演讲机器人出现在讲台上，只见他的身上装着金色的喇叭，散发着智慧的光芒。

"各位荣誉号民！最近我们的考古学家发掘出了一本20世纪的书。作者用讽刺性的语言讲述了野蛮人和晴雨表的故事。野蛮人发现晴雨表上每次显示'有雨'，就真的会下雨。野蛮人想让天下雨，就想了个办法，从晴雨表中取出一定量的水银，刚好可以让指针指向'下雨'的位置。（屏幕上显现出了野蛮人的样子，只见他浑身粘满华丽的羽毛，正朝外倒水银：号民们一阵大笑。）你也笑了。可你不觉得那个年代的欧洲人更可笑吗？就像这个野蛮人，欧洲人也在求雨。但这个'雨'的首字母是大写的，是代数学中的'雨'。可欧洲人就像个落汤鸡一样站在那个晴雨表跟前。野蛮人至少比他们更有勇气，更有活力，更有——尽管粗野——逻辑性。野蛮人知道因果之间的关系。他倒出水银的那一刻就迈出了通往那条光辉大路的第一步……"

我听着（我再重复一遍：我正在写真正发生的事，没有遗落任何细节），却一时没有听懂从喇叭里涌出的那些生机勃勃的浪潮般的言语。我突然想到我本不该来（"本不该"是什么意思？我得着命令了，怎么能不来？）；我突然又想到一切都是虚空，是一个虚空的壳。直到演讲机器人开始说基本主题时我才把注意力重新集中起来，他说的基本主题是音乐和用数学作曲（数学家是因，音乐是果），描述最近发明的音乐设备。

"……只需旋转这个按钮，每个人每个小时就能创作出三首奏鸣曲。你们的祖先做这件事时真的很费劲！他们强迫自己接受'灵感'的攻击，这样才能创作——所谓的灵感就是某种癫痫病。我在这里跟你们讲个非常好笑的例子，看看他们费这么大劲最后都得到了什么——我要说的是20世纪斯克里亚宾的音乐。这个黑箱子（舞台上的幕拉开了，出现了那个时候的人们用的一件乐器），这个黑箱子叫'大钢琴'，或'皇家大钢琴'，如果需要的话，我想说的是这个箱子只是他们的音乐曾经抵达何种程度的又一个证据……"

然后……可我又不确定了，因为可能是……不，我得马上说……因为她，I-330，走到了"皇家大钢琴"跟前。她冷不丁现身了，这很可能就是我感到困惑的原因，她出其不意地出现在了舞台上。

她穿着古人穿的那种衣服，很漂亮：一条合身的紧身黑裙，剪裁得很短，硬生生地突出了她那极白的肩膀和胸部，她的乳房中间那道黑色的沟在有节奏地抖动……她那白得令人炫目、几乎可以称得上邪恶的牙齿……

她的笑是啃噬，我就是她啃噬的目标。她坐下了。她开始演奏。某些疯狂、痉挛性的、混乱的声音出来了——就像古人的生活，那个时候，人们对理性的机械学一窍不通。我周围的那些人当然有理由大笑了，他们总在大笑。但也有几个人……包括我在

17

内……我为什么要跟这少数的几个人一样呢？

是的，癫痫是一种精神病——痛苦……悠长、甜蜜的痛苦——一种啃噬——啃噬得越来越深、越来越狠。然后，慢慢地，太阳出来了。不是这个太阳，不是我们的这个太阳，让恒定的、绝无瑕疵的天蓝色的光射穿玻璃砖——不是，那是一个野蛮、奔腾、炙热的太阳——将身旁的一切甩掉——将一切撕成碎片。

坐在我旁边的那个人朝左边，也就是朝我这边看，然后咯咯笑了。不知为什么，我的眼前浮现出一幅无比清晰的画面：一个极微小的唾液的气泡出现在了他的嘴唇上，然后爆了。那个气泡让我一下子清醒过来。我重新做回了自己。

像每个人一样，我听到的是可笑的琴键敲出的愚蠢至极的叮当声。我在大笑。一切变得简单、从容起来。那个天才演讲机器人只是向我们呈现出了一幅那个野蛮时代的生动的画卷——就是如此。

然后，我们听到了今天的音乐，哦，多么美妙！（最后作为例证播放了一段当代音乐，和古代音乐形成了鲜明对比。）晶莹剔透的半音阶在无穷无尽的系列曲上聚合、散开——泰勒和马克劳林公式化概要性的和声，就像毕达哥拉斯的短裤[①]那样完整、四角分明、有分量；忧伤的旋律在摇曳不定、越来越弱的节拍上缠绕，延长音的明快节奏在夫琅和费——这个星球上的光谱分析

[①] 对勾股定理的谑称，因为定理画出来就像一条短裤。

大师——光谱的衬托下不断变化……多么壮丽！多么棒的永恒不变的规律！那些古代音乐多么放纵、多么可怜，只有疯狂的幻想……

我们像往常那样穿过大教室宽阔的门，四人一组排成整齐的队伍大步朝前走。我瞥了一眼旁边身体两道弯的那个男性号民，向他尊敬地鞠了一躬。

再过半个小时我的可爱O就来了。我觉得很兴奋。一到家我就赶紧走到办公桌前，向当班警卫呈上了我那粉红色的票据，这样我就有了使用窗帘的权利。我们只在"性爱日"使用窗帘。别的时候，我们生活在光天化日之下，活在那些墙里面，那些墙在明媚的阳光的照射下仿佛有了某种形状，我们的一举一动别人总是看得清清楚楚。我们彼此间没有什么好遮遮掩掩的。另外，这也能减轻警卫们那繁重又尊贵的工作。否则会出什么事就不用我说了。也许是古人那奇怪的不透明的居所赋予了他们那可怜的狭隘心理。"我的（原话如此）家就是我的城堡！"说得真棒，是不是？

22点，我放下了窗帘——就在那一刻O来了，还有点喘气。她把她那粉红色的嘴唇——粉红色的票据——献给了我。我扯下票根，但直到22点25分，我才强迫自己离开她的红唇。

然后我让她看了"笔记"，还对她说了——我觉得应该是想了——正方形、立方体和直线的美感。她一如既往地张着红唇、摆出一副迷人的姿态听我说……突然一滴眼泪从她那蓝色的眼睛里流了出来……然后又是一滴，又是一滴……刚好落在了我摊开的笔记上面（第七页）。墨水在流。因此……我只能再抄一份了。

"亲爱的D,如果您……如果……"

嗯,那个"如果"是什么意思?"如果"什么呢?她又在说那件事了:她想要个孩子。也许是别的事……关于……别的女人。尽管此刻看起来好像……可是,不,那样就太蠢了。

笔记五

提要：正方形。世界统治者。
愉快而有益的功能。

又错了。我又在跟你说话了，我的陌生读者，就好像你……嗯，这么说吧，就好像你是我的诗人老朋友R-13，就是嘴唇很厚的那个——每个人都认识他。你，与此同时，你可能无处不在……在月球上、金星上、火星上、水星上。谁认识你？你从哪里来？你是谁？

是这么回事：想象一个正方形，一个美妙的活生生的正方形。他得说说自己的事，说说自己的生活。知道吗——一个正方形在地球上想说的最后一件事就是他有四个等角。这一点不是他看到的，他太熟悉这一点了，这一点太平常了。那就是我。我就和那个正方形一样，每时每刻都生活在这种状态中。拿到粉红色的票据这种事——对我来说，这种事容易得很，就跟正方形看都不用看就知道自己有四个等角一样，但我不知道对你来说这件事是否像牛顿的二项式定理那样难解。

就这样了。一位古代的智者——当然，是偶发性行为——试着说出了一句非常智慧的话："爱和饥饿统治世界。"因此，一个人要想统治世界就得统治世界的统治者。我们的先祖最后想方设法征服了饥饿，却付出了沉重的代价：我说的是两百年大战，城市和乡村之间的那场大战。可能是出于某种偏见，所以野蛮的战士才会那么顽强地为"面包"而战。早在大一统国建立前的35年，我们现在吃的由汽油做成的食物就被创造出来了。没错，整个世界只有0.2%的人活了下来。然而，千年的垃圾被彻底洗清之后，地球的表面变得如此闪亮了！而且活下来的这0.2%的人在大一统国的谷仓里踏踏实实地、快活地品尝着食物。

但那种快乐和嫉妒不就是所谓的幸福分数中的分子和分母吗？这一点不是很清楚吗？我们的生活中若依然存在嫉妒的理由，那两百年大战死了那么多的人又有什么意义呢？但某些理由的确留存了下来，因为鼻子（我们出外散步时提到的纽扣状的鼻子和古典式的鼻子）还在，因为有些人的爱是很多人所渴求的，有些人的爱是没有人愿意要的。

饥饿一旦被消除（从代数学上讲这就等同于获得最高级的物质享受），大一统国自然就对另外一个世界的统治者——爱——发起了攻击。最后，这个因素也被战胜了，并且被组织化、数学化了，我们的《性爱守则》颁布于300年前，其精髓是："每一个号民都有权与别的号民发生关系。"

其余的事纯粹是技术上的。他们在性事务保卫局实验室给你做全身检查,查明你血液中性激素的准确含量,绘制出一个独属于你的性爱时间表。然后你填写一份声明,说清楚在性爱日那天你要和哪个号民(或哪几个号民)发生关系,他们就把那张粉红色的票据给你。就是这么回事。

这样一来就很清楚了——连一丁点嫉妒别人的理由都不存在了。幸福分数中的分母缩减成了0,幸福分数具有了无限的意义。祖先们视为无限痛苦根源的东西,在我们这里却变成了一种和谐、快乐、有用的机体功能,就像睡觉、干体力活儿、吃饭、排泄一样。从这件事上你就能看出来逻辑凭借其巨大的力量肃清了前进道路上的一切障碍。哦,如果你,我的陌生的读者,能够懂得这种神圣的力量,如果你也能追随它直到生命的尽头该有多好!

奇怪——我今天一直在写人类历史的最高峰,我始终在呼吸思想高峰上最纯净的空气,但我的身体里潜藏着某种阴沉的东西,某种像蜘蛛一样的东西,某种交叉状的东西,就像四爪的X。是不是我的爪子一直在干扰我?这些丑陋的爪子在我的眼前存在了这么久,是不是这个事实一直在干扰我?我不想说它们。我不喜欢它们。它们是野蛮时代的残余。我是否真的有某种……

我想把这一切都删掉……因为它们已经超出了笔记的范畴。但是稍后我做了决定:不,就留着它们吧。让这些笔记充当最精密的地震图，让它们记录我的脑电波中最细微的摆动，无论这种摆动多么没有意义。你绝不会想到有时候就是这些最细微的摆动最先对你发出了警告……

但现在它们就显得很可笑了。我真的应该把它们全删掉。大自然的各个方面已经被我们研究透了。不会再有什么大的灾难发生了。

现在这一点在我心中变得无比清晰起来：那种奇怪的内心的感觉就像我刚才提到的正方形只是源于我自身的存在。我的身体里没有什么X（不应该有）——我只是担心你，我的陌生的读者，你的身体里还残存有X。我确信你不会严厉、苛刻地评判我。我确信你知道写作这件事对我而言有多难，比整个人类历史上的任何一个作家都难。他们有的为同代人写作，有的为后人写作，却没有人为他们的祖先或者像他们的野蛮祖先那样的人写作……

笔记六

提要：意外事件。该死的"很明显"。24小时。

我再重复一遍：我逼迫自己毫无保留地写作。因此尽管看起来有些悲哀，但我还是要说，我们显然还没有完成让生活变得坚硬、有形化这一过程。理想还很遥远。这个理想（这是很清楚的）就是让一切保持正常状态，不会再有任何意外事件发生，但对于我们……看看下面这件事就好了：今天我在《国家报》上读到，两天后冰块广场会有一场司法审判。这就是说有些号民又在干预强大国家机器的进程了，又有一些没有预见到的、没有计算出来的事件发生了。

而且——我也遇到了一件事。真的，这件事就是在个人时间发生的——也就是说在为无法预见的情况专门留出的那段时间发生的——可现在……

大约16点的时候（确切地说是15点50分），我刚好在家。电话铃突然响了。

"是D-503吗？"

"是我。"

"有时间吗？"

"有。"

"是我，I-330。我一会儿坐飞机到您那里，我们一起去那座古屋，没问题吧？"

I-330。又是那个讨厌的女人——我都有点怕她了。但正是因为这一点我才说："没问题。"

五分钟后，我们上了飞机。我们穿行在五月的天空中，天很蓝，蓝得就像陶器的釉彩，轻柔的太阳也乘着它自己那金黄色的飞机一直跟在我们后面，绝不会跑到我们前面。但我们看到了前面的暴雨云，那东西毛茸茸的，又蠢又难看，就像古代"丘比特"的那张脸，不知怎的，我觉得有点烦闷。前面的玻璃升起来了，风吹干了你的嘴唇，你只好不停地用舌头舔，这样你就总会想起你的嘴唇。

很快就看到了远处的绿点——就在那边，在墙的外边。然后心突然蹿到了嗓子眼，什么都做不了，下沉、下沉、下沉，就像在下陡坡，然后我们就到了那座古屋跟前。这座奇怪、摇晃、黑乎乎的建筑物被完全包裹在一个玻璃壳子里。不然的话，肯定早就坍塌了。玻璃门前站着一位老妇人，满脸皱纹，特别是那张嘴：除了皱纹什么也没有，都打起了褶子，嘴唇早就瘪进去了，嘴倒有些向外凸出。可即便这样她还是能说话。她还真的开口说话了。

"哦，我亲爱的，你是来看我的小屋的吗？"她的皱纹上散发出了光彩（也许是因为皱纹堆积在一起有点像阳光，让她的表情看上去有了神采）。

"是的，奶奶。我又想看了。"I-330说。

那些皱纹亮了。"今天的太阳啊！是不是出什么事了？把人捉弄得好苦，捉弄得好苦……可我知道。没事的，你们进去吧。我还是待在这里——晒晒太阳。"

嗯。我的这位伙伴好像经常来这里。我总想着要把身体上的某一个东西，某个让我心烦的东西抖掉。很可能还是刚才的那个画面：如光滑陶器釉彩般的蓝天中的那朵暴雨云。

我们走上宽阔、黑暗的楼梯时，I-330说："我爱她，那个老女人。"

"为什么？"

"不知道。也许是因为她那张嘴。也许没有任何理由。我就是爱她。"

我耸耸肩。她微笑着继续朝上走，也许她并没有在笑："我很愧疚。很明显，一个人不应该'毫无理由去爱'，而应该'为了某种理由而爱'。我们的一切自然本能……"

"很明显。"我开始说话，然后发现自己在说这个词，就偷偷瞧了I-330一眼，看她是否注意到了。

她在低头看什么东西,她的眼睑像窗帘那样低垂着。

我突然想起,22点左右的时候走在大街上,走在那些灯光通明的笼子中间,会发现有些笼子是黑乎乎的,窗帘拉着……她正在窗帘后面想什么?她的脑袋里在想什么?她今天为什么要给我打电话?这究竟是怎么一回事?

我推开一扇沉重、吱吱响的实心木门,便发现我们来到了一个阴沉、肮脏的地方(就是人们过去常说的那种公寓)。屋里也有一件奇怪的"皇家"乐器,和我上次在舞台上看到的那件一模一样,色彩和形状一如其奏出的音乐般滑稽、粗野、杂乱、疯狂。白色的屋顶平平的,墙漆成深蓝色;镶着红边、绿边和橘边的古书堆得到处都是;黄铜色的枝形吊灯,还有一尊佛像;家具的边沿是椭圆形的,完全不对称,用任何一个能够想象到的方程式都无法解释。

我几乎无法忍受这种混乱的场面,但我的同伴显然比我坚强得多。

"这绝对是我最喜欢的地方……"然后她好像突然发现了自己,露出了那种"锐利"的笑,露出了那雪白的尖牙,她继续说:"我是说,我最喜欢他们所说的这种愚蠢透顶的'公寓'。"

"或者说得更准确些,"我说,"您喜欢的是他们的国家。数千个渺小、永远好战、冷酷无情的国家,就像……"

"哦,是的,当然,这是很明显的……"她好像很严肃地说道。

我们走过一间有婴儿床的屋子(在那个年代,婴儿也是私人财产）。然后又看到了一些屋子、闪光的镜子、阴郁的柜子，还有盖着罩子的沙发，那些罩子的颜色与花纹完全不相配，让人简直受不了，还有那些巨大的"火炉"，一张巨大的红木床。我们所拥有的——散发着光彩、永远不变的透明玻璃——除了在他们那可怜巴巴、摇摇晃晃的长方形的小窗户上能看到，别的地方都看不到。

"只需想想……他们喜欢这里'只是因为'他们喜欢受苦，喜欢折磨自己。"她又垂下了她眼睛里的窗帘。"好白痴啊，浪费了那么多的人力，您不觉得是这样吗？"

她好像在用我的声音说话，把我的思想变成了她的话，但她的笑容里总有那个让我心烦的X。在她的眼帘后面好像有某种东西……我不知那是什么……正在她的心里升腾，就是那种东西让我彻底丧失了耐心。我想和她吵，冲她吼（没错，就是吼），可我必须听她的。无法不听她的。

我们此刻在那扇镜子前面站住了。那一刻，我能看到的就只有她的眼睛。我突然有了一个念头：人体的构造就和那些所谓的"公寓"一样愚蠢——人的头也不是透明的，也只有两扇小小的窗户——眼睛。她好像猜出了我的心思，把身体转了过来。"嗯，这就是我的眼睛。您觉得怎么样？"（当然了，其实她并没有说这些话。）

我看到了两扇透着可怕的黑窗户，里面潜藏着另一种生活，我不知道那是什么样的生活。我只能看到一堆火——里面有某种"火炉"一样的东西——还有一些人影，看起来好像……

29

当然了，这也是很正常的事。我看到的是我的影子。但不正常的是那个人影看起来并不像我（显然是环境使我感到了压抑）。我很害怕，感觉自己被困住了，被关进了那个粗野的笼子，被卷到了古代生活的狂风里面。

"您知道……"她说，"您去隔壁的屋子待一会儿吧。"她的声音就是从那里面发出来的，就是从她的眼睛窗户后面发出来的，那里有火在燃烧。

我出去找了个地方坐下。墙上的一个小支架上面放着一尊他们那个年代的诗人的半身像，我想是普希金吧。他的脸并不对称，鼻子也是塌的，带着令人难以察觉的微笑直直地看着我。我为什么要坐在这里？我为什么要这么没骨气地忍受这种笑容？这究竟是怎么一回事？我在这里干什么呢？这种笑的状况是怎么发生的？那个让我心烦、讨厌的女人……这古怪的鬼把戏……

屋里的柜子砰的一声打开了，传来丝绸的窸窣声，我使劲忍着不让自己进去……我不知道自己在想什么：或许我想对她说一些很难听的话。

但她已经出来了。她穿着一条古人们穿的那种裙子，短短的，金黄色的，头上戴着一顶黑色的帽子，脚上穿着黑色的长筒丝袜。那裙子是用极薄的丝绸做的——我能清楚地看到她的丝袜很长，边沿都到了膝盖上面。领口开得很低，她那对……之间有一道阴影……

"听着，"我说，"很明显，您想炫耀您的独特个性，可您真的非得……"

"很明显,"她打断了我的话,"有个性就意味着和别人不一样。追求个性就等于破坏原则。古人用他们那种白痴的语言所说的'保持平庸'就是我们所谓的'做好本职工作'。因为……"

我再也控制不住自己了,大声叫道:"是的,是的,是的!您说得非常对!您何必……"

她走到那个塌鼻子诗人的半身像跟前,拉下眼睛里的窗帘,盖住了小窗户后面的烈火,说了一些让我觉得极其严肃(至少有一次让我觉得是这样)的话(也许是为了让我安静下来)。她说了一件非常合理的事:

"以前人们竟然能容忍这样的人,您不觉得奇怪吗?不但容忍——而且还崇拜他们。真是一帮奴才!您不这么想吗?"

"很明显……我是说……"(我怎么一直在说那个该死"很明显"!)

"哦,我当然明白您想说什么。可您知道吗,其实像他这样的人比那些戴皇冠的人更强。人们为什么不把这些人干掉?在我们国家……"

"是的,在我们国家……"我刚开始说她就突然大笑起来。我用眼睛都可以看到她的笑,清脆响亮、陡直、弹性十足、富有活力,就像鞭子一样的曲线。

我想起当时我的身体抖得很厉害。我本该……我不知道……一把抓住她,然后——干吗?我想不起来了。我不知道,但我觉得我必须做点什么。我机械地打开我的金色号牌,看了一眼手表。16点50分了。

"您不觉得我们该走了吗?"我尽量有礼貌地对她说道。

"如果我要您——留下来陪我呢?"

"听着,您……您知道您在说什么吗?再过10分钟我就要回大教室……"

"……每个号民都必须去听法定的艺术和科学课程。"I-330模仿着我的声音说道。然后她拉起了窗帘,抬起眼睛,我看到烈火在那窗户后面燃烧。"我认识医务局的一位医生……他是属于我的……如果他给您开个证明,就说您病了。怎么样?"

我懂了。我终于懂她这一整套鬼把戏的目的了。

"原来如此!您大概知道,照道理我应该像任何一个诚实的号民一样,马上去保卫局,然后……"

"不只是'大概'知道,如果不照道理(她说这话的时候又露出了她那啃噬人的微笑)……我真的很想知道您是去保卫局呢还是不去?"

"您不走?"我抓到门把手的时候说道。门把手是铜制的,我的声音在我听来也像是铜制的。

"就再待一会儿……您不介意吧?"

她走到电话机跟前打了个电话,跟哪个号民通的话——我没听清是谁,我心里太烦了。"我在古屋那里等您,"她大声叫道,"对,对,就我一个人……"

我转动冰冷的铜把手。"您能让我用下飞机吗?"

"哦,当然可以。尽管用。"

门口,那个老女人正在打盹,就像一株植物。我又一次吃惊地发现她的嘴又张开了,又在说话了:"您的……怎么,就她一个人留下吗?"

"是的,就她一个人。"

老女人的嘴又瘪下去看不到了。她摇摇头。显而易见,就连她那日渐衰退的大脑也明白这女人的行为是多么愚蠢、多么危险。

我刚好在17点赶到大教室。也就是那个时候我突然想到我对老女人撒谎了,I-330此时并不是一个人。我无意对她撒谎,却向她提供了错误的信息。也许就是我一直在想的这件事使我始终无法集中注意力听课。是的,她不是一个人。事实就是这样。

21点30分之后我有一个小时的自由活动时间。今天还有时间向保卫局汇报。但经历了这件荒唐可笑的事以后,我已是筋疲力尽。更何况依照法律规定我还有两天的时间可以汇报。明天去也不晚,还有整整24个小时呢。

笔记七

提要：一根睫毛。泰勒。
天仙子和铃兰。

夜。绿色、橘色、蓝色，一件红色的"皇家"乐器，一条橘黄色的短裙，还有一尊铜制佛像，突然，它抬起了它那青铜色的眼睑，汁液从佛像中朝外流，然后那条黄色的短裙也开始朝外流汁液。汁液流满了整块镜子，床开始分泌汁液，婴儿床也开始朝外流汁液，此刻我的身体也开始朝外流了。某种致命的甜蜜而恐惧……

我醒了。淡蓝色的光，玻璃墙、玻璃扶手椅和桌子散发着光亮，这一切给了我安慰，我的心不再怦怦跳。汁液？佛像？怎么会这么荒唐……很明显，我病了。我从来不做梦。听人说过去人们做梦是再正常不过的事。这倒也是，他们的整个生活乱七八糟,里面混合着绿色、橘色、佛像、汁液。今天,我们懂得了做梦是一种严重的精神疾病。我知道,在此以前,我的大脑校准得非常精确,就像一台一尘不染的机器……但现在怎么样呢?现在,我感觉我的大脑里面就好像有——某个异物——就好像眼睛里混进去了一根非常细小的睫毛。你感觉身体没问题,但那只混进眼睛的睫毛却让你始终无法忘掉这件事。

床头的小水晶钟欢快地响了,已是早晨7点,该起床了。我透过玻璃墙左右观望着,发现了某种东西,那东西就像是我自己,像我自己的房间,像我自己的衣服,像我自己已重复了近千次的一举一动。这件事使你快乐:当你看到自己是一个巨大、有力、单调物体的一部分时。这是一种精确的美——没有一个多余的弯腰、转身的动作。

这位泰勒无疑是一个天才般的古人。他最后真的没有想到把他的方法推广到整个生活,推广到一天24小时的每一个步骤中去。他没能把从0点到24点这整个的24小时融入他的体系中去。但尽管如此,为什么人们就可以为康德那样的人写数不胜数的著作,却忽视泰勒这位能够预见10个世纪以后的事的先知的存在呢?

早餐吃完了。众号民一起唱完了《大一统国国歌》。四人一组排成整齐的队伍朝电梯口走去。几乎听不到引擎的嗡嗡声,电梯极速下降、下降、下降。心几乎跳到了嗓子眼。

然后那个愚蠢的梦——或者那个梦的某种隐匿的功能——突然出现了。哦,是的,昨天在飞机上那个梦也出现了——也是在下降的时候出现的。不过现在一切都结束了。阶段性的出现，也算是好事，幸好我当时干脆而坚决地拒绝了她。

我搭乘地铁赶往"一统号"飞船所在地点，此刻它那优美的机身正沐浴在阳光下，散发着闪亮的光辉，它体内的烈火还没有被点燃，因此还没变得活跃起来。我闭着眼睛，像做白日梦一样在一系列的方程式中游荡。我又一次算出了"一统号"离开地球所需的初始速度。随着时间一秒一秒地过去，爆炸性的燃料越来越少，"一统号"的质量就会发生变化。这个方程式极其复杂，却又具有超凡的价值。

我好像在梦中感觉到，在这个充斥着硬邦邦的数字的世界里，有个人在我旁边坐了下来，这个人轻轻地蹭了蹭我，说道："对不起。"

我半睁开眼睛，最先看到（"一统号"产生的联想）一个什么东西正在升空：是一颗头颅，它能飞，因为它两侧长着像翅膀一样的粉红色的耳朵。然后是后脑勺的曲线，沿此曲线下去再回弯一下，再弯成驼背，就变成了有两道弯的S身材。

透过我的数学世界的玻璃墙，我又看到了那根睫毛，那东西让我心烦，我今天必须……

"没事的，请不要去想它。"我笑着对身旁的那个人说，又微微欠身向他致意。他的号牌上印有一个颜色鲜艳的号码：S-4711（我这才弄明白为何我从一开始就把他跟字母S联系在了一起——那是潜意识下的一种视觉印象）。他的眼睛在闪光，像两根尖锐的钻头在快速旋转，越来越深地朝下钻，直到抵达最深处，就要看到我甚至不敢让自己看的东西……

我突然知道那根睫毛是什么了！它是他们中的一员，也是警卫员。这样事情就简单了——不能再拖下去了——马上把一切告诉他。

"我——我——您知道吗——我昨天去古屋那里了……"我的声音有点奇怪，沉闷、压抑。我用力清了清嗓子。

"这个……很好嘛。那古屋为很多启发性的结论提供了研究素材。"

"可是，您知道吗——我不是一个人去的。我跟I-330一起去的，还……"

"I-330。跟她一起去挺好的。她是一个很有趣、很有才的女人。她有很多崇拜者。"

原来他也——当初散步的时候——也许他就成了她的了？不，我不能把这事告诉他。这事无法想象。这是很明显的。

"没错！没错！您说得对！她非常……"我笑得越来越放肆，越来越愚蠢，这让我看起来像个十足的傻瓜蛋。

那两根钻头钻到了我的灵魂最深处，然后旋转着，再退回眼睛。S-4711不阴不阳地冲我一笑，点了点头，转身朝门口快速走去。

我藏在报纸后面（我觉得每个人都在盯着我），很快便读到了一则消息，这则消息让我感到无比心烦，甚至让我忘掉了眼睫毛和钻头，忘记了一切。这消息只有短短的一行字："据可靠情报，一个从未被我们找到的秘密组织又露出了蛛丝马迹，该组织的目的是要挣脱大一统国造福枷锁的束缚，获得解放。"

"解放？"人类这种物种体内竟然还残存有犯罪的本能，真是令人震惊。自由和犯罪密不可分，就像……嗯，就像飞机的飞行和速度之间的关系。飞机的速度降为0，飞机就不能飞了；人的自由降为0，也就不能犯罪了。这是很明显的。消除人类犯罪的唯一方法就是帮助人类从自由中摆脱出来。我们现在刚刚摆脱自由（在宇宙中，几个世纪只相当于"刚刚"）的束缚，就突然冒出了几个可怜的笨蛋。

我不明白，我不明白为什么昨天我不马上去向保卫局汇报。今天16点过后我一定要去。

我16点10分出门，一下就看到正站在街角的O，她浑身粉嫩粉嫩的，快活地朝我跑了过来。"她头脑简单又圆滑，"我想，"正合我的胃口。她懂我，支持我。可是，等等……不，我不需要任何的支持。我主意已定……"

音乐工厂的管乐器正嗡嗡响着，和谐地演奏着《大一统国进行曲》，每天都这样。那种日常性、那种重复性、那种镜像一般模仿的迷人魅力是无法用语言描述的。

O拉住我的手。"去散步吗？"她那蓝色的圆眼睛睁得大大地看着我，那两扇窗户直抵她的心底，我通过窗户走进了她的内心，一路上却什么也没看到，因为路上本来就什么都没有——也就是说没有任何奇怪或无用的东西。

"不，不去了。我得去……"我跟她说了我要去哪里。让我吃惊的是，我看到她的嘴所形成的那个粉红色的圈顿时变成了一个粉红色的月牙，嘴角朝下垂着，就好像吃了什么酸的东西。我一下子暴跳如雷。

"你们这些女号民！你们太偏心，简直无可救药！你们根本不会抽象思考。对不起，我说重了，但你们就是一帮蠢货。"

"您要去找特务……呸！我还在植物博物馆里给您采了这把铃兰呢……"

"为什么要说'我还'？从哪里学来的这个'还'？简直就是女人的做派！"我生气地一把扯过她手里的花（我承认我很生气）。"这是您采的铃兰，对吧？闻一下吧。很香，是不是？麻烦您做事有点逻辑好不好？铃兰很香，没错。但您不能说气味这个词本身的含义是好还是坏，对吧？您不能这么说。铃兰味香，天仙子味臭，但两者都是气味。古代国家有特务，我们国家也有特务。没错，特务。这个词吓不倒我。但很明显，他们国家的特务是天仙子，我们国家的特务是铃兰。是铃兰！是铃兰！这就是我说的！"

那个粉红色的月牙在颤抖。我现在知道是我错了，但当时我觉得她想笑话我。因此我更高声地喊道："是的！铃兰！这没什么好笑的。没什么好笑的。"

圆圆的像球一样的脑袋从我们旁边飘过去了，还转过来看我们。O轻柔地拉着我的胳膊说道："您今天是怎么了？您病了吗？"

梦——黄色——佛像……我突然明白了，我应该去趟医务局。

"您说对了，您知道吗？我是病了。"我很高兴地说（这种矛盾无法解释，其实并没什么可高兴的）。

39

"那您就应该马上去看医生。您很清楚保持健康是您的责任,竟然说起这件事来,真可笑。"

"哦,亲爱的,您当然是对的了。您说的完全对!"

我没有去保卫局。这也是没有办法的事。我不得不去医务局,并且一直在那里待到17点。

那天晚上(无所谓了,保卫局晚上关门),O来到我的住处。我们没有拉窗帘。我们一起算一本古老习题集中的习题,这能使我们静下心来,消除杂念。O-90把身体伏在笔记本上,头歪向左肩膀,拼命算题,舌头都把左边腮帮子顶得鼓了起来。她看起来就像个孩子,那么迷人。我觉得一切都很美好,心也变得清澈、单纯了……

她走了,只剩下我一个人。我做了两次深呼吸(睡觉前这么做很有好处)。突然闻到了一股怪味,这股味道让我想起了某件很不愉快的事。我很快就找到了气味的来源,我的被褥下面藏着一枝铃兰。有什么东西马上从我的心底升了起来,是龙卷风般的怒火。不,她简直太愚蠢了——竟然偷偷地把铃兰藏了起来。好吧,我没去那个地方。但我病了,这不应该怪我。

笔记八

提要：无理根。
R-13。三角形。

那是多久以前的事了？那是在上学的时候。那是我第一次遇到这种事。我记得很清楚，就像刻在了脑子里。我记得那是一间明亮的球形大教室，里头有几百个圆乎乎的男孩的脑袋，还有我们的数学老师"噼里啪啦"。"噼里啪啦"是我们给它起的外号。那个时候它的能量快用光了，眼看着就要散架，每次值日生把插头插到它身上，喇叭里总会先传出一阵"噼里啪啦——嘶嘶"的声音，然后才开始讲课。有一回老师跟我们讲无理数，我还记得当时我大嚷大叫，用拳头猛砸桌子，吼道："我不想要！"那个无理根就像某种可怕的异物在我的心中生根、发芽，它啃噬我，使我痛苦，我既无法了解它，又无法战胜它，因为它完全超出了"理性"的范畴。

此刻那个很明显,就是因为我不想看到那个我就一直在欺骗自己,一直在对自己撒谎。我病了之类的说辞纯粹都是胡扯。我本该去那里的。一周前,我想都不用想就知道自己应该去那里。那我现在为什么?为什么?

还是说今天的事吧。刚好16点10分,我就站在了那面闪亮的玻璃墙跟前。我的头顶是"保卫局"那几个闪着金光的大字。透过玻璃我看到里面有很多穿制服的号民在排队等候。每张脸上都泛着光,就像古教堂里映照圣像的油灯。这些人到这里来是为了实现一项壮举:将自己的爱人、朋友,甚至自己本人奉献在大一统国的圣坛之上。至于我,倒是很想跑到他们那边,跟他们在一起。但我做不到。我的双脚深深陷进了人行道的玻璃砖里。我站在那里,看起来就像个傻瓜,一步也动不了。

"喂,数学家!您在做梦吗?"

我浑身一抖。注视着我的那张脸上有一双黑色的眼睛,那双眼睛在笑、在闪光,还有两片厚嘴唇。是诗人R-13,我的老朋友,我那粉嫩的O现在正和他在一起。

我生气地转过身来(我在想,若不是他们打扰了我,我早就把那个连肉一起从我的心中拔掉了——我早就去保卫局了)。

"我没在做梦,"我很尖刻地说,"我只是在表示尊敬。"

"当然啦,当然啦!听着,我的朋友,您不该当数学家。您是诗人,诗人!您不该再干这行,和我们诗人一起混吧。您觉得怎么样?我马上就能帮您把这事办妥。"

R-13说话时总是很兴奋,兴奋得都要把自己呛死,那些话从他那两片厚嘴唇间不停朝外喷涌,和唾沫星子一起。他每次说起P这个字母时,都会把自己搞得像一座喷泉;每次说"诗人"这个词时,也是如此。

"我是做学问的,以后还要做学问。"我皱着眉头说。我不喜欢开玩笑也不懂开玩笑,而R-13偏偏有个爱开玩笑的坏习惯。

"学问!什么叫学问?学问屁都不是,只是懦弱的表现。真的,屁都不是,就是如此。您想建一堵小墙把无限围起来。您不敢看墙外面。这就是事实。您一看就会把自己搞得紧张兮兮的。您就是这样的人!"

"墙,"我开口说道,"是一切有人性的东西的基础……"

R扑哧一笑,像一座喷泉一样喷射着唾沫星子。O也张着她那粉嫩的嘴唇在微笑。我一摆手,那意思是说:你就笑吧,谁在乎呢?我没时间听你们胡扯。我得想个办法把那个该死的洗掉,把它从我的心里弄出去。

"你懂什么?"我说,"咱们一起去我那里吧,一块坐下算几道题。"(我在回想昨天我们共同度过的那段安静的时光,希望今天也能这样。)

O瞥了R一眼,然后转过她那圆乎乎的脑袋,用干净的目光看着我,她的脸颊上浮现出我们的粉红色票据那样温柔、可爱的颜色。

"可今天……今天我……拿的是去他那里的票据,"她冲着R点点头说道,"他今晚很忙……所以……"

R张开了他那湿润、冒着亮光的嘴唇，用快活的语调说："有什么问题吗？半个小时就够我们用的了，是不是这样，O？我不想做您的什么破题……为什么不去我那里坐一会儿呢？"

我害怕和自己待在一起，或者说害怕和那个因某种奇怪的巧合拿到我的D-503号牌的新的陌生的我待在一起。于是我去了他那里，R那里。他的确不是一个精密的人，既没有节奏，逻辑也很可笑，颠倒混乱，但我们仍……是朋友。三年前我们同时选择了那个可爱的粉嫩O并非出于偶然。不知为什么，这让我们之间的关系比上学那时候更加亲密了。

我们去了R的房间。仔细看一下，你会觉得里头的一切都和我的房间很像。墙上挂着一样的时间表，一样的玻璃扶手椅、玻璃桌和玻璃柜，床也是玻璃的。但刚一进来，R就把一把扶手椅挪到了别的地方，然后又挪了一把。这样，房间里的一切就改变了，不再是原来定好的位置，变得乱七八糟了，完全违背了欧式几何定理。R总是这个样子，到死都变不了。无论是泰勒理论课还是数学课，他的成绩总排在全班最后一名。

我们聊了老"噼里啪啦"，聊了我们过去总喜欢在它的玻璃腿上黏着的表示感谢的小纸条（我们真的很爱老'噼里啪啦'）。我们聊了法学教授。法学教授说话声音很大，都要把人的耳朵震聋了，它的声音从喇叭里蹿出来，就像放大炮，我们这些男生就跟着它像公牛那样大声朗读课文。我们还记得那个疯狂的R-13有一次竟然把一些纸塞到自己嘴里，嚼好以后又都吐出来塞到了老师的喇叭里头。这样一来，老师每读一句课文，就会有一个纸团从里面蹿出来。R当然挨罚了。他当时就是搞了个恶作剧。可现在每次回想起这件事我们总会捧腹大笑，就是我们这个"三角形"，当然，也包括我在内（这一点我是承认的）。

"那个法学教授要是像以前的老师一样是个活生生的人会怎么样？那将是怎样的一种混乱……"他的厚嘴唇说出了"P"这个字母，喷出阵雨般的唾沫星子。

房顶和墙壁上有阳光透了进来——阳光从上面、侧面射了进来，又从地板反射回去。O坐在R-13的大腿上，她的蓝眼睛里有了一些小的闪光的泪珠。我感觉越来越温暖，不知为何，还觉得越来越舒服。那个讨厌的被我抹掉了，不再闹腾了。

"喂……您的'一统号'造得怎么样了？我们很快就能随时开着它去教导别的星球上的人吗？您最好抓紧，到时候可不要让我们这些诗人写出的作品把您的'一统号'压瘫了。"每天8点到11点……R-13总会一边摇晃脑袋一边搔后脑勺。从后面看，他的脑袋就像个捆在车子后面的正方形的小箱子（这让我想起了一幅叫作《在马车上》的古代油画）。

我马上变得清醒了。"哦，您也在为'一统号'写东西吗？写的是什么？比如说您今天打算写什么？"

"今天——什么都不写，"他说，"我有别的计划……"又是一阵唾沫星子雨喷来。

"什么计划？"

R皱了皱眉。"什么'什么'计划？没什么。好吧，如果您非要问，我就告诉您。是一份裁决书。我得把一份裁决书改写成诗。有个白痴……也是我们当中的一个诗人。我们一起挨着坐了两年，他一直都好好的。然后突然就出事了。'我是个天才！'他说，'是个天才……是可以凌驾于法律之上的天才！'他写的那些烂玩意儿……哈，去他的，不说了。"

他的厚嘴唇耷拉下去了，眼睛也变得暗淡无关。R-13猛地站起来，头扭向一旁，凝视着墙外的某个地方。我看到了他那个上锁的小箱子，心里想："那个小箱子里此刻有什么思想在翻滚呢？"

一分钟令人尴尬、不对称的沉默。我不知道发生了什么事，但的确有事发生了。

"谢天谢地，"我故意提高了声调说道，"不管怎么说，莎士比亚和陀思妥耶夫斯基的那个年代早就过去了。"

R转过头来。他仍像喷泉一样朝外面不停喷射他的那些话，可我觉得他眼睛里的光消失了。

"是的，我亲爱的数学家……谢天谢地，谢天谢地，谢天谢地！我们是最幸福的算数平均值……就像你们说的：这就叫从0到无限的和谐一体化，从笨蛋到莎士比亚的和谐一体化。就是这么回事！"

我说不清，我觉得这话好像是从某个不存在的地方传过来的，但我想是那个女人说的，是那个女人的音调。她和R之间有一条很细的线在延伸。那是什么样的线？我感觉那个讨厌的又在我的心里折腾我了。我打开我的号牌：15点25分了。按照粉红色票据上的规定，他们还有45分钟的时间。

"嗯，我该走了。"说完我亲了O一下，和R握了握手，就朝电梯走去。

我朝街对面走去时回头看了一眼：在那栋闪亮的、沐浴在阳光中的大楼中，随处可见那些灰蓝色的不透明的笼子，笼子里的窗帘都放了下来，号民们正在里面享受着有节奏的、泰勒化的幸福。我看到了R-13位于7楼的那个笼子：他早就把窗帘放下来了。

亲爱的O……亲爱的R，他身上也有某种东西（我不知道为什么我要说"也有"，不管了，就这么写吧），也有某种我不太明白的东西。我，他，还有O……我们仍是一个三角形，虽说有可能是等腰的，也仍是一个三角形。如果你想用我们祖先的语言来描述（我的读者，这种语言对你来说可能更好懂些），我们就是一个家庭。有时候休息一下真的很舒服，就算时间不长也很舒服，把自己关在一个牢固、简单的三角形里面，远离一切……

笔记九 | 提要：礼拜仪式。抑扬格和扬抑格。铁手。

闪亮、得意的一天。在这样的日子里，你会忘掉你的弱点、你的犹豫、你的疾病，一切都如水晶般透彻、稳定、永恒……就像我们的新玻璃。

立方体广场。66个坚固的同心圆，66排座位，安静祥和的脸，眼睛里反射出天堂明媚的光辉，或许是大一统国的光辉。鲜红色的花，是女人的嘴唇。孩子们的脸如稚嫩的花编就的花冠——坐在前面行刑处近旁。

依据流传下来的记载判断，这就类似于古人举行"神圣的仪式"时的那种体验。但他们侍奉的是荒谬、未知的上帝，我们侍奉的却是某种合理、真真切切的事物。他们的上帝除了能给予他们永远的痛苦就再也给不了他们别的，他们的上帝除了让你把自己献给他就再也想不出别的更聪明的主意，至于为什么会这样，你也不要问。但我们在将自己献给大一统国时心中是平静的，这种牺牲是合理的、经过深思熟虑的。没错，这就是为大一统国举行的一次欢欣鼓舞的庆典，是对两百年神圣大战壮烈岁月的纪念，是对那场众人对一人、整体对个体的辉煌战役的纪念……

有个人……站在立方体的台阶上，阳光倾泻在他的身上。他的脸呈白色，不，不是白色，是根本就没有颜色，他的脸是玻璃的，嘴唇也是玻璃的。只有他的眼睛，像两个黑色的洞吮吸、吞噬着……他距离那个恐怖的世界只有几分钟的路程。他的金色号牌早就被扯下来了。他的手被紫色的带子捆着（这是古代的一种风俗，好像在古时候，在行刑以大一统国的名义施行之前的那个年代，死刑犯当然认为自己有反抗的权利，因此他们的手常常被链子锁着）。

立方体上面高高的地方，那台机器旁边，就坐着我们所说的造福主，他一动不动，就像用金属做的某个东西。在下面很难看出那张脸的模样。你只能看到它那严肃、庄重的方形线条。但那双手……有时候在照片上能看到这种情景：两只手挨得太近，占据了突出的位置，因此会让你觉得巨大无比，你现在看到的就是这种情况，那两只手把一切都掩盖住了。那两只沉重的大手，此刻正放在膝盖上——显然是石手，在石手的重压下，膝盖几乎要撑不住了。

突然，一只大手缓缓地抬了起来，做出一个缓慢、铸铁一般的手势，为了响应这只抬起来的手，一个号民从看台上站起来走到了立方体旁边。这是大一统国的一位国家级御用诗人。他很高兴，因为今天他要献上一首诗为庆典助兴。此时，看台上空响起了炸雷般神圣、声如洪钟的抑扬格诗句。诗中描写的是一个长着玻璃眼的傻瓜蛋，这个傻瓜蛋此刻就站在台阶上，等待着他的愚蠢行为带来的必然结局。

……熊熊烈火。房屋在抑扬格中摇晃，喷射着火焰向上猛冲，然后就坍塌了。绿色的树在烈火中扭曲，汁液流尽，只留下像十字架一样的黑色躯体。但普罗米修斯（当然是指我们了）出现了，就见他：

　　用机器和钢铁，他驯服了烈火，

　　用法律的套索，他锁住了混乱。

一切都是新的，都是用钢铁做的：钢铁太阳、钢铁树、钢铁人。突然有个疯子"松开了烈火身上的锁链"——一切就要再次毁灭……

惭愧的是，我记诗记得很差劲，但有一件事我记得很清楚：你不会找到比这更有启发性、更灿烂的意象。

又是一个缓慢、沉重的手势，又有一位诗人站到了立方体的台阶上。我几乎从座位上站了起来：这可能吗？不，那两片厚嘴唇，是他。当初他怎么没说他要担当……的重任？他的嘴唇在抖，灰色的嘴唇。我能理解，因为他面前的那个人是造福主，他正站在整个警卫队跟前，不得不……可即便这样，也不该这么激动啊……

扬抑格的诗句如锋利的斧子，迅猛地劈砍着。写的是一种闻所未闻的罪行，说的是一首亵渎神明的诗，造福主在诗中竟然被称为……不，我下不了手，我可不敢写这句话。

R-13面色苍白，谁都不看（这么害羞，可不像他的做派），从台阶上下来坐到了他的座位上。顷刻间，我想我好像看到他旁边有个人的脸，一个黑色的锐角三角形……然后马上就消失了。我抬起眼睛看着那台机器，别的数千万双眼睛也像我一样看着那台机器。那只冷酷的铁手做出了第三个钢铁般的动作。一阵无形的风吹来，罪犯的身体晃了一下，一步……又一步……迈出了这辈子的最后一步。他面朝苍天，头朝后仰着，躺在了最后的安息地上。

一如命运般沉重、无情的造福主在机器周围画出一个圈，将一只大手放在了操纵杆上。听不到衣服的窸窣声，也听不到人的呼吸声。所有的眼睛都盯着那只手，就像龙卷风般的烈火——无疑是一件武器，拥有几十万伏的电力。多么令人震惊的命运！

一瞬间。那只手落了下来，释放出了电流。一道极其强烈的光蹿出来，让人不敢直视。机器的管子一抖，发出一种几乎听不到的噼啪声。那个四肢摊开的身体被一小团闪着光的烟雾盖住了，然后在我们眼前开始融化，融化，速度之快可以用恐怖来形容。然后，就什么也看不到了。身体变成了一摊纯净水，刚才那鲜红的血液还像风暴一样在怦怦的心脏中涌动。

一切就是这么简单，这是我们都知道的。物质的分解——没错。人体原子的分离——没错。但每次这种事发生时仍像是奇迹。这就是造福主所拥有的超人力量的一种表现。

上面，在他的前面排成一排的是10个女号民，都羞红着脸，嘴唇都兴奋地半张着，手里的鲜花在风中摇动①。

依据旧的习俗，这10个女人要用花装饰造福主那被溅湿、此刻还没干的制服。他就像个大祭司，迈着大步威严地走下台阶，慢慢从座位中间走过。他走过的地方，女人们那温柔白嫩的小手就像枝条一样都举得高高的，数百万人一起欢呼。然后，同样的欢呼声又献给了整个警卫队，他们现在已经混进我们当中，已经看不到踪迹了。谁知道呢，也许古人们在幻想中所预见到的那些威严又温柔、从每个人出生的那一刻起就分配给他的"守护神"就是这些警卫。

是的，在这整个仪式中有着某种古老文化的意味，有着某种暴风雷电般净化人的心灵的东西。你，即将读到这一切的人……体验过这样的时刻吗？如果没有，我会为你感到遗憾的。

---

① 这些花当然是从植物博物馆里拿的。我个人觉得这些花毫无美感可言，很久以前被绿墙隔离开的那个野蛮人的世界中的一切都毫无美感可言。只有那些合乎理性、有用的东西才是美的，如机器、靴子、公式、事物，等等。

笔记十

提要：信。膜。毛茸茸的我。

昨天对我来说就像化学家过滤溶液用的纸：悬浮的颗粒和没用的渣滓都留在了上面。今天早晨我乘电梯下楼时就觉得自己像刚被蒸馏了一样无比干净。

楼下大厅里，女管理员坐在小桌子旁边，一边看表，一边记下刚进来的号民的号码。她叫U……号码我就不说了。我担心我会写她的坏话。其实她倒是挺正派的一个老女人。我不喜欢她的是她的腮帮子有点下垂——就像鱼鳃。（这又有什么关系？）

她用钢笔胡乱地写了一下，我就在纸上看到了我的名字：D-503。旁边刚好溅了一滴墨水。

我刚想跟她说这事，就见她突然抬起头来，甩给我一个微笑，就像一滴墨水甩在我的脸上，说："哦，是的。有您的一封信，亲爱的。等会儿给您，等会儿给您。"

我知道那信她已经读过了，还要转交给保卫局（我觉得没必要解释这一点，这就是一个很正常的程序嘛），我12点前能拿到。但她那个微笑让我很担心，那滴墨水使我体内纯净的溶液顿时变混浊了。我的心情糟透了，在"一统号"建造现场时怎么都无法集中注意力，甚至还犯了一个计算性的错误，这在以前是从未有过的。

12点，我不得不再次面对那浅棕色的鱼鳃和那个微笑，我终于拿到了那封信。不知道为什么，我没有马上拆开读。我把信塞进口袋，匆匆赶回住处。我把信打开，很快地看了一遍，坐下了。那是一份官方的正式通知，说I-330已经登记了我，今天21点我必须去她那里，地址也给了。

不。发生了那样的事，我又清楚地对她说了我的感受，再这么做怎么能行！而且，她还不知道我是否去了保卫局。她绝不会知道我病了。或者无论如何我也不能……尽管如此……

我的脑袋里就好像有一台发电机正旋转着，嗡嗡直响。佛像……黄色……铃兰……粉红色月牙。是的，那件事……O怎么办？她今天要来我这里啊。我该把这个关于I-330的通知给她看吗？我不知道。她是不会信的。（话说回来，谁又会信呢？）她不会相信我和这事没有一点关系，我完全是……我知道到时候会有一场艰难、愚蠢、无比荒谬的交谈。哦，不，放过我吧。那我们就用机械的方式解决这件事吧：我把这个通知复印一份给她寄去就行了。

我匆匆朝口袋塞通知的时候，突然看到了我那双吓人、像猴子一样的手。我想起了那次散步的时候，I-330抓起我的手看。她不会真的……

20点45分了。那是一个白夜。一切都是绿色的、玻璃的。但那是另外的一种玻璃，很容易碎，不是我们这种，不是真的玻璃。那是一个薄薄的玻璃外壳，壳下面有什么东西在扭动着身子，在忙乱地运动，在嗡嗡响。就算大教室的圆顶此刻砰的一声蹿到空中，慢慢地在后面留下一团团烟雾，那个老月亮也像今天早晨坐在桌子旁的那个老女人一样给我一个墨水般的微笑，每一栋大楼里的那些窗帘突然都放了下来，在窗帘后面……就算这一切都发生了，我也不会感到意外。

我觉得不对劲。我觉得我的肋条就像铁条一样，挡住了我的路，挤压到了我的心脏，它们离我的心脏太近了，让我的心脏没有了足够的空间。我站在那扇写着I-330金色号牌的玻璃门跟前。她背对我，正伏在桌子上写什么东西。我进去了。

"给您。"说着，我把那张粉红色的票据递给她。"我今天得到的通知，就过来了。"

"您来得可真准时！等我一会儿——您不介意吧？您先坐一会儿，等我把这东西写完。"

她又低下头写东西了。我在想，她的脑袋里究竟装着什么？那些拉着的窗帘后面又藏着什么？等过一会儿，她会说什么？我会做什么？我怎么知道，怎么计算得出来，她完完全全来自"那里"，那个梦幻般的野蛮国度。

我看着她，一句话也不说。我的肋条就像铁条，我的心脏没有了空间。她说话时脸就像快速旋转的闪着光的车轮——分辨不出那一根根的辐条。我看到了一个奇怪的轮廓：她的黑眉高挑着，朝太阳穴那里拉扯过去，组合成了一个有着讽刺意味的、尖锐的三角形；从鼻子两侧到嘴角的那两条深深的沟组合成了另外一个三角形，但这个三角形的尖是朝上的。这两个三角形好像都想把对方干掉，这样她的脸上就出现了一个令人不快、讨厌的X，就像个十字架。她的脸被打了叉。

车轮开始旋转，挤在一起的辐条变得模糊了。"您真的没去保卫局，对吗？"

"我……我没去。我病了。"

"是的。嗯，和我预料的一样，反正总有什么事让您去不成（她露出了尖牙，在冲我微笑）。但现在……您是我的了。您应该记得，'任何号民，在48小时内不向保卫局汇报，均被视为……'"

我的心剧烈地跳动着，把铁条都撞弯了。我就像个孩子——像个蠢孩子被抓了个正着。我闭着我那张笨嘴。我感觉我的手和脚都被绑住了。

她站起身，伸了个懒腰。她按动了一个电钮，只听一阵轻轻的、急促的声音，屋里的窗帘就都拉上了。我和这个世界隔开了——只剩下了我和她。

I-330到了我身后靠近衣橱的某个地方。她的制服窸窣响了一会儿，就落在了地上。我听着。我的整个身体都在听着。我又回忆着……不。有什么东西瞬间划过我的脑际。

我最近算出了一种新型街头录音薄膜的曲率（这种薄膜装饰得很漂亮，遍布街头巷尾，为保卫局录下人们在街上的谈话）。我记得那是一种粉红色的振动着的耳膜状的东西，一种只有一个器官的奇怪的东西——耳朵。我此刻就是这种录音薄膜。

此时，啪的一声她解开了她的领扣，然后是胸扣，再往下……玻璃丝绸窸窣响着从她的肩头滑落，滑到了她的膝盖上方，然后落到了地上。我听着——我听得比看得清楚——一只脚如何从一堆淡蓝色的丝绸中迈了出来，接着又是一只脚……

绷紧的录音薄膜在颤抖，正记录着这寂静。不，就让那锤子一样的心脏不停地猛击那铁条吧。我听到了，我看到了，她在我身后想了一下。

那边，那些是衣橱的门，那个是，有点像是盖子关上了，还有丝绸的窸窣声，又是丝绸的窸窣声……

"喂……好了。"

我转过身来。她穿上了一条纱裙，老旧的款式，橘黄色的。穿这裙子比什么都不穿还要难看一千倍。透过极薄的面料，我能看到那两个泛着粉红色的高耸的圆点，就像灰烬燃烧着的煤块。她的膝盖柔软、圆润……

她坐在低矮的扶手椅上。她面前的小方桌子上放着一个小瓶子，里头装着绿色的东西，瞧上去就像毒药。两只小高脚杯。她的嘴角那里好像有什么东西在散发烟雾，原来是一个细细的小纸筒，就是以前的人们抽烟用的那种东西（我记不得那东西现在叫什么了）。

录音薄膜还在颤抖。我的体内，那把锤子还在猛击我的铁条，已把我的铁条抽打得如火一般热。我清楚地听到了每一次击打的声音……可是，她要是也听到了会怎么样呢？

可她还在踏踏实实地抽烟，平静地看着我，还……弹掉了落在我的粉红色票据上的一些烟灰。

我尽可能用一种冷漠的语气说道："听着，既然如此，您为什么要把自己给我？您为什么让我来这里？"

她假装没听到。她给自己倒了一小杯那东西，抿了一口。

"真是美酒。来一点吗？"

我终于明白了，原来那东西是酒。昨天发生的那一幕闪现在我的眼前：造福主的石手，让人无法直视的寒光，还有立方体上躺着的那个四肢摊开、头朝后仰的人。我打了个寒战。

"听着，"我说，"您应该知道，凡是品尝过尼古丁，特别是酒精的人，大一统国都会严惩不贷……"

她那两道粗黑的眉毛挑到了太阳穴那里，嘴巴周围又出现了一个尖锐、透着嘲讽的三角形。她说：

"快刀斩乱麻地杀掉少数的几个人强过让很多人自我毁灭、自甘堕落……这是一种无耻的真理。"

"是……是一种无耻。"

"假如您把这一小群全身赤裸、秃顶的真理放到大街上……不是真的这样，只是设想。就比如把我那个最忠诚的崇拜者——您知道我说的是谁——扒掉他身上的衣服，让他一丝不挂地出现在大街上……哦，我的天啊！"

她在大笑。但我分明看到她脸上那个三角形，透露着悲伤的那个，从鼻子一直延伸到嘴角有两道深深的沟。不知为何，这两道沟让我知道了一些事：那个身体有两道弯、驼背、长着翅膀一样的耳朵的家伙……拥抱过她……就像她现在的样子……他……

顺便提一下，我此刻正试着描述我当时的那种不正常的感觉。现在我在写这一切的时候才完全意识到，发生了那样的事再正常不过。他，那个丑陋的家伙，和别的任何一个诚实的号民一样，都有权享受生活，我当时真不该那么想……不过现在我什么都想清楚了。

I-330还在奇怪地笑着，又笑了好久。然后她用冰冷的眼神看着我，她的目光刺透了我的身体，她说："但关键是我并不担心您。您那么好。哦，我确信您不会去保卫局告密，不会告发我喝酒、抽烟这事。您要么就生病，要么就很忙，要么就会……我也不知道您会想出怎样的原因不去告密。另外，我确信您很想同我一起喝一点那美味的'毒药'……"

她的话中透着无尽的嘲讽，她真不要脸。我又开始恨她了，这种感觉是千真万确的。为什么又恨她？我始终都是恨她的啊。

她喝完一小杯绿色的毒药，站起身，黄裙下她的身体散发着粉红色的微光，朝我这边走了几步，停在了我的椅子后面。

她突然伸出两只胳膊搂住我的脖子，将娇嫩的双唇紧贴在我的嘴唇上，舌头伸进我的嘴里，越顶越深，我开始害怕了……我敢发誓，她这么做是出乎我的意料的，但也许这就是她这么做的唯一理由。

她那香甜的嘴唇让我受不了(我想应该是烈酒让我受不了吧)……我吞下一口那火热的毒药,细细品尝着,然后又吞一口,又是一口,我挣脱了地球的束缚,疯狂地旋转着,下沉,下沉,沿着一条精确计算好的轨道,朝着一个自由的星球飞去。

余下的事我就只能说一个大概了,通过一些相近的类比简单说一下。

不知为何,我以前从未想过会遇到这样的事,但这样的事的确发生了:我们一直在地球表面行走,下面就是一片鲜红色的沸腾的大海,它就隐藏在地球深处。我们从未想到过这一点。然后,我们脚下那脆弱、薄薄的地壳就好像突然变成了玻璃,我们突然就……

我变成了玻璃。我看到了自己的内心。

那里有两个我。一个是过去的我,D-503,号民D-503,另一个是……那个时候,另一个我刚刚把他那毛茸茸的爪子从壳中伸出来,但现在,他的整个身体都出来了,壳砰的一声裂开了,碎片朝四面八方飞去……然后又怎样呢?

我就像拼命抓着一根救命稻草一样,用力抓着椅子的扶手,为了听到那个过去的我的声音,这样问:"哪里……您是从哪里弄来的这……毒药?"

"哦,这个嘛?从一个医生那里。我的一个……"

"'我的!'又是'我的!?'是谁?"

那是另外一个我。他突然跳出来,开始吼叫:"我不愿再忍受了!您谁都不能要,只能要我……我要杀死其他人……因为,我，哦……我……"

我看到那一幕了。我看到他用他那毛茸茸的爪子紧紧抓住她，扯掉了她身上薄薄的丝裙，把他的牙齿深深嵌入……我记得很清楚：他用的牙齿。

我不记得这事是怎么发生的了，只记得I-330挣脱开来。然后她又用那该死的窗帘遮住了眼睛，她就站在那里，背对着衣橱，听我说话。

我记得我趴在地上一把抱住她的双腿，亲吻她的膝盖。我祈求她："现在，就现在，就在此刻……"

她那尖利的牙齿和眉毛组合成透着无尽嘲讽的三角形。她俯下身，一句话也不说就扯掉了我的号牌。

"是的！是的，亲爱的……"我开始脱衣服。但她仍是一句话也不说，把我的号牌上的表递给我看。再过5分钟就10点30分了。

我打了个寒战。我知道10点30分以后再在街上晃荡意味着什么。我的所有的疯狂好像突然间消失了。我又是我了。有一件事是确定无疑的：我恨她，我恨她，我恨她！

我既没跟她说再见，也没有回头就冲出了房间。跑下楼梯时，我把号牌重新别好了（我走的是消防楼梯，生怕在电梯里撞见别人），我跑到了空荡荡的大街上。

一切还是原来的样子——还是那么简单、惯常、规范的情景：玻璃大楼闪着亮光，惨白色的玻璃天空，绿色的安静的夜。但在这安静、冷酷的玻璃前面有个毛茸茸的东西在悄无声息地前行。我朝前跑着，跑得上气不接下气，我可不想迟到。

我突然发现，我在仓促中别回去的号牌又掉了，在玻璃人行道上发出一阵清脆的响声。我弯下腰把它捡起来，可就在这瞬间的寂静中，我听到身后传来脚步声。我把头扭了过去。

有个小小的、弯曲的东西正拐过街角，至少我当时的感觉是这样。

我撒腿就跑，只听见风在我的耳畔呼呼作响。我停在大楼门口：差1分22点30分。我竖起耳朵听了听，背后没人。真荒唐，我觉得整件事真荒唐。都是那"毒药"闹的。

那是一个痛苦的夜晚。身下的床升起、落下，又升起来，沿着一条正弦曲线朝前走。我一直念叨着这句话："号民晚上必须睡觉。这是一项义务，正如白天工作也是一项义务一样。睡觉是必要的，这样白天才能工作一整天。晚上不睡是犯罪。"可我还是睡不着。我就是睡不着。

我完蛋了。我无法履行对大一统国的义务了。我……

笔记十一

提要：不，我写不出来……不写了。

夜。薄雾。天空被某种闪着金光的乳白色织物完全覆盖，让你看不清那更高远的地方有什么。古人知道那里有什么：那里有他们那高贵、厌倦一切的怀疑论者——上帝。我们只知道那里一片湛蓝，人迹罕至，让人不忍直视。我现在也不知道那里有什么了。我知道的太多了。学问是绝对可靠的——这是一种信念。我对自己有一种坚定的信念，我曾认为我对自己无所不知。可现在……

我站在一面镜子前。我发誓这是我平生第一次，的的确确是平生第一次在镜子面前仔仔细细、有意识地打量自己。我看到了自己，却又无比惊愕，因为我好像看到的是某个"他"。我就在那里了，或者倒不如说他就在那里了：他有着直直的黑眉毛，那眉毛中间,有一道像伤疤一样的东西,那是一个垂直的皱褶(我不知道以前有没有)。灰色的、钢铁般的眼睛,周围留着因一宿没睡而长出的黑眼圈。在那钢铁般的眼睛后面,我永远也不知道有什么。我在"那里"("那里"就是这里,同时又无限遥远)——看着自己,看着他,我完全确信长着尺子一般直的眉毛的他是个陌生人,是别的人,我是有生以来第一次见到他。我才是真的我,我并不是他。

不。还是结束吧。我纯粹是在胡扯,我的所有感觉愚蠢又荒唐……它们是鬼影,来自被毒害的昨天。我昨天是被什么毒害的?是不是被她那绿色的毒药害的?无所谓了。我写这些东西只是为了让读者明白,再精明、再理智的人也会陷入疯狂的迷惘、偏离正确的人生轨迹。同样的道理,一个人若想凭借理智和精明将古人所惧怕的无限化为容易理解的东西,只需……

对讲机响了一下。我看到屏幕上显示的是R-13这个号码。不错——我甚至高兴了。对我来说,此时此刻一个人待着会……

20分钟后。

在纸面上,在二维世界中,这一行行的字紧密排列着,但在另外一个世界中……我开始对数字失去了感觉。20分钟也可能是200分钟,200 000分钟。那种感觉好奇怪,就像此刻我安静、理性地思考每一个字,写下我和R之间发生的一切。这种感觉也像你坐在床边的椅子上,两条腿交叉着,有些好奇地打量你自己,不是别人,就是你自己,看着你在那张床上扭曲身体、翻来滚去。

R-13进来的时候,我完全安静了下来,恢复了正常状态。我很真诚地对他说，他很成功地把那次的判决书改写成了扬抑格诗句，是他的诗，而不是别的东西把那个疯子的身体碾成了肉末，干掉了他。

"我甚至还要说，"我马上变得激动了，"如果由我来绘制造福主的机器图样，我肯定会把您的扬抑格诗句刻在那上面。"

我突然注意到R的眼睛失去了神采，嘴唇也变灰白了。

"您这是怎么了？"

"您这么问什么意思？就是……就是我腻烦了。您觉得那次审判很棒。我可不想再听了，就这样。我不想听。"

他皱紧眉头，挠挠后脑勺，我不知道他那个小箱子里到底有什么东西。一阵沉默后。他突然从那个小箱子里抓到了什么东西，掏出来，展开，抚平，然后就跳了起来，他的眼睛里放射出光芒，大声笑道：

"我正在为您的'一统号'写东西！为这事写东西才叫棒呢！"

他又变成以前的那个他了，嘴唇啪嗒啪嗒直响，不停冲你喷射唾沫星子，滔滔不绝说个不停。

"伊甸园，"他说开了，"P"这个字母一脱口，就是一场唾沫星子阵雨。"伊甸园的那个古老传说，说的就是我们，就是此时此刻的我们。没错！好好想想吧。伊甸园里的那两个人，必须做出选择：有幸福，没自由；有自由，没幸福，再没别的路可走。结果那两个傻瓜选择了自由。然后怎么样了？接下来的数个世纪，他们一直在怀念曾经绑缚住他们身体的那副锁链，世界上为何有这么多的痛苦？就是因为这个，懂了吗？他们怀念那副锁链。怀

65

念了数个世纪！我们是重回幸福之路的先行者。不，等等……听我继续说。我们和古老的上帝紧挨着坐在同一张桌子旁。是的！我们帮助上帝最终战胜了魔鬼——因为是魔鬼怂恿人们破戒、品尝自由的滋味从而最终导致自我毁灭的。就是他干的好事，就是他这条狡猾的大蛇。我们冲着他的脑袋狠狠地踢了一脚！咔嚓一声！一切都结束了，伊甸园又回来了。我们又变得单纯了，就像亚当和夏娃。善与恶不再那么复杂，一切都变得简单起来，就像孩子那样简单！造福主、机器、立方体、气钟、警卫，这些都是好的，都是高尚的、壮丽的、高贵的、庄重的、水晶般纯粹的。因为是这些东西在保护我们的'非自由'，也就是我们的幸福。古人们碰到下面这样的事会聚在一起讨论，左右权衡，并为此大伤脑筋，这么做道德吗？嗯，您猜对了。我想说的就是写一首关于伊甸园的长诗才够劲儿，您觉得呢？格调当然要极其严肃了……您懂的，对吗？这么做很棒，是不是？"

有什么不懂的？我记得自己一直在这样想："这家伙看着傻傻的，长得也不对称，想法却很有条理。"就是因为这个，他才离我，离那个真正的我那么近（我仍然觉得以前的那个我才是真正的我，现在的这个我只是生病了）。

R从我的表情上肯定看出了我在想什么。他搂着我的肩膀开始大笑。

"哦，您呀……您这个亚当！哦，对了，您的夏娃呢？"

他把手伸进兜里仔细找了一通，掏出一个小笔记本，开始翻页。

"后天……不对,是两天后。O会有一张来见您的粉红色票据。您怎么想的?还像以前一样?您想让她……"

"是的,当然了。很明显。"

"我跟她说吧。您也知道……她……很害羞。都跟您说了吧。我只是凭粉红色票据跟她有所接触,可她对您……她又不愿意告诉您那个爬进我们三角形的人是谁。快说吧,您这个风流鬼,那人是谁……快告诉我们那人是谁。快点坦白交代!"

我心中的窗帘拉上去了,然后,丝绸的窸窣声,绿色的小瓶子,香唇……突然,我无缘无故地迸出了这么一句话(我要是能忍住就好了):"告诉我,您尝过尼古丁或者酒精的滋味吗?"

R咬着嘴唇瞥了我一眼。我能明白他的意思,就好像他真的会这么说一样:"毕竟您是我的朋友,可还是……"其实他是这么说的:

"这个嘛,怎么说呢?就我个人来说,没尝过。但我知道有个女人……"

"I-330!"我大声叫道。

"什么……您也?您也跟她在一起过吗?"他突然狂笑起来,都快把自己呛死了,还不停喷射唾沫星子。

我的那面镜子挂得不是地方,只有隔着桌子才能看到我自己。我坐在扶手椅里看那镜子,只能看到我的前额和眉毛。

那个真的我在镜子中看到的是一道倾斜、上下跳跃的眉毛,听到的是一通疯狂、让人恶心的叫喊:"您说'也'是什么意思?这个'也'是怎么回事?不,等等……您得回答我!"

他那厚嘴唇一咧，眼睛朝外使劲鼓着……我，那个真的我，狠命抓住另外一个疯狂、毛茸茸的、喘着粗气的我的衣领，对R说："看在造福主的分上，请原谅我吧！我病了，没睡好觉，不知道自己这是怎么了……"

那两片厚嘴唇上闪过一丝笑容："是的，是的，我懂！我什么都懂！从理论上讲，当然啦。再见！"

他走到门口，然后又像一个黑色的球那样跳回到桌子旁边，把一本书放到了上面："我最近写的。本想着给您留下的，差点忘了。再见！""B"字母一脱口，唾沫星子又猛烈地朝我喷射过来。

又剩我一个人了，或者说跟"他"，跟另外一个我单独待在一起。我坐在椅子上，两条腿交叉着，好奇地看着另一个我在床上来回翻滚。

整整三年了，我和O的关系一直都那么好，现在只要提及那个叫I-330的女人一个字，我们就……这到底是为什么？为什么？也许那些关于爱和嫉妒的事不只在愚蠢荒谬的古书中有。我真是众人中的另类！我本来是搞方程式、公式、数字的，可现在……我不懂。一点都不懂。我明天就去找R，跟他说……

我在说谎。我不会去找他的。明天不行，后天也不行——永远不行。我不能去找他。我不想见他。完了！我们的三角形散架了。

我是一个人了。夜。薄雾。天空被闪着金光的乳白色织物完全覆盖着。那上面有什么？我要是知道就好了。我要是知道我是谁，我是什么东西就好了。

笔记十二

提要：无限的有限性。
天使。关于诗的思考。

我一直都认为，我的病情在转好，我能好起来。我睡得很沉。我不做梦，也觉察不出生病的任何迹象。可爱O明天就要来我这里了，一切就像一个圆，在周而复始地运行，简单、准确、带有某种限制。我不惧怕"限制"这个词。一个男人，最高贵的东西就是理性，而理性活动就是不断地将无限转化为有限，将无限分解成便于运用、易于理解的部分——微分。这就是我所爱的数学的美之所在。这种美女人绝对无法理解。无所谓了……不知为何我又想起了她。

这些思考伴随着地铁车轮那从容不迫、富有韵律的节奏而产生。我正随着车轮的节奏在心中诵读着R的诗歌（就是他昨天送给我的那本书),感觉身后有个人轻轻俯下身体在看我翻开的诗页。我没有回头,只用眼角余光就看到了那个长着翅膀一样的粉色耳朵、身体两道弯的家伙……原来是他!我不想打扰他,索性装作没看见。他是怎么出现的,我并不知道。我觉得我上地铁的时候他并不在车厢里。

这个偶然事件,虽说意义不大,却让我颇为受用。我得说这件事让我变得强大了。有人一直在盯着你,在好意地保护你,不让你犯一丁点的错误,不让你走错哪怕微小的一步,这种感觉真的很棒。这听起来或许有点多愁善感,但那个同样的意象又突然浮现在了我的脑子里:古人对守护天使的憧憬。古人所梦想的东西在我们的生活中变成了现实。

在我感觉到守护天使在我身后保护我的那一刻,我正在阅读一首名为《幸福》的十四行诗。我觉得说这首诗中蕴含着罕见的美和深沉的思考一点也不为过。前四行是这么写的:

二乘二,真爱永远,
　变成四,幸福永远。
　世上最热烈的情侣,
　二乘二永不分离。

余下的那几行也是同样的调调,赞颂了乘法口诀表上理智而永恒的幸福。

每一个天才诗人必定是哥伦布。美洲大陆早在哥伦布发现之前就已经存在了数个世纪,但只有哥伦布发现了它。同样的道理,乘法口诀表在R-13之前也存在了数个世纪,但只有他在那片数字的原始森林中发现了新的黄金国。哪里还能找得到比那个神奇的世界中更明智、更纯粹的幸福呢？铁会生锈。古人的上帝创造了古人，也就是创造了易于犯错的人，可见上帝自己也犯了错误。乘法表比古人的上帝更明智、更绝对。它绝不会，我再重复一次，是"绝不会"犯错误。生活在乘法表那精确、永恒的法则之下的数字是最幸福的。既没有犹豫，也不会感到困惑。真理是一条法则，通向真理的道路又是一条法则。真理是二乘以二，通向真理的道路就是四。这两个快乐的理想伴侣若开始想自由这回事（也就是想某些错误的事），岂不是太荒谬？对我来说，下面这一点是不言自明的：R-13抓住了最基本的，最……

想到这里，我感觉到刚才还在我脖子后面的我的守护天使那温暖、温柔的气息，此时已经转移到了我的左耳朵上。他显然注意到了我膝头上的那本诗集已经合上了，我正在走神。这又怎么样？我此时愿意把我的大脑中的那些书页翻开让他检查，这是一种平静、愉悦的感觉。我记得我甚至把身体转了过去，故意盯着他的眼睛，就好像向他有所要求似的，可他根本不懂，或者说不想懂，他什么都没问我。但我仍想说明一点：你，我的陌生的读者们，我会把一切都告诉你们（此刻的你们就和他一样，也那么可爱、亲密却又无法接近）。

这就是我的思路，从整体到部分。部分就是R-13。那个光辉灿烂的整体就是一统国的诗人作家协会。我怎么都弄不明白古代的那些人怎么就没能马上看出来他们的诗歌和文学有多么愚蠢可笑。那一个个的词那么有艺术性，有着那么大的神奇魔力，却都被他们浪费在了空无一物的作品中。真是可笑得很。每个人写的都是蹦到他脑袋里的东西。一样愚蠢可笑的是，古人竟让大海像傻子一样没日没夜地拍打沙滩，数百万千克的能量就白白地被锁到了浪头里面，除了点燃情侣们那如火的热情，什么用都没有。我们就让那些美好的、白白被浪费的波浪变成电，抓住那喷着泡沫的、横冲直撞的野兽，驯化它，让它变成家畜。我们又用同样的手段驯服过去诗歌中的那种狂野的个性。今天的诗歌已不再是夜莺没有礼貌的鸣叫，今天的诗歌是为政府服务的，是有用处的。

就拿我们那著名的《数学韵诗》为例吧！我们要是不在学校里教这东西，怎么能想象得出学生们会那么真诚、深情地爱上算数四则呢？《玫瑰花刺》是一个经典的比喻。警卫就是玫瑰丛上的刺，保护着大一统国娇嫩的鲜花，不让它们跟外界的粗暴接触。谁的心又会那么冷硬，不愿听到下面这些诗句从单纯的孩子们那娇嫩的小嘴中喃喃念出来，就像念祈祷文一样呢：

小笨蛋，小笨蛋，一把抓住一枝玫瑰，

结果刺弄到了鼻子里头，

这下疼得他够呛，这个愚蠢的小淘气包！

小笨蛋，小笨蛋，哭丧着脸回家了。

还有那部《造福主每日颂歌》，有谁在读"号民之王"无私创作的这部作品时不会恭敬地低下他的头呢？还有那部有着嗜血般美感的可怕的《庭审判决书精选》，那部不朽的悲剧《上班迟到的人》，那部枕边书《性爱卫生歌集》。

生活全部的复杂性和美都被镌刻在这金子般的诗句中了。

我们的诗人不再沉迷于虚无的幻想，他们落到了地上。他们和我们一起伴随着音乐工厂奏出的庄严、机械的进行曲迈着大步朝前走。他们的灵感来自清晨时电动牙刷发出的嗡嗡声，造福主机器中火花发出的噼啪声，一统国国歌宏伟壮丽的回响，水晶般闪亮的夜壶发出的熟悉的嘶嘶声，拉低的窗帘后面唧唧呱呱的闲谈声，最新出版的烹饪书里兴奋的叮当声，以及大街上录音薄膜里发出的几乎听不到的窃窃私语声。

我们的上帝就在地上，就在我们中间，就在局子里、厨房里、商店里、厕所里。上帝变得和我们一样了。这样说来，我们也就变得和上帝一样了。我们正走在你们的那条路上，我的陌生的读者们，我们是来让你们的生活变得神圣、理性和精确的，就像我们的一样。

笔记十三

提要：雾。熟悉的"你"。
一件荒唐透顶的事。

黎明时我醒了，映入眼帘的是粉红色的坚实的天空。一切都是美好的，一切都是圆的。O晚上来。我早已准备好……这是毫无疑问的。我笑了笑，又睡着了。

清晨，铃响了。我起了床，一切已完全不同：透过玻璃屋顶和墙壁看过去，各处都被雾气笼罩着。发了疯的云块越来越重，又好像越来越轻，越来越近，再也分辨不出哪是天，哪是地，一切都在飞，都在融化、降落，想找个什么东西抓一下也找不到。大楼消失了。玻璃墙在雾气中融化，就像晶盐溶解在了水中一样。从人行道看过去，大楼中黑色的人影就像悬浮在乳状溶液中的微小颗粒。他们先是低低地垂挂在那里，然后升高，升高，一直升到了10楼。烟雾无处不在，或许这就是一团默默无声地燃烧着的烈火。

刚好11点45分，我特意瞥了一眼表，为的是抓住那些数字——至少那些数字还能救我。

11点45分，按照时间表上的规定，我要去参加每日的体力劳动了。走之前，我回了一趟自己房间。就在这时，电话铃响了。对方的声音就像一根长针慢慢地扎进了我的心脏。

"哦，这下好了，您在家呢。我很高兴。请在街角等我一会儿。我们一起去……等一会儿您就知道我们要去哪儿了。"

"您明明知道我得马上去工作。"

"您明明知道您得照我说的做。两分钟以后见。"

两分钟后我已站在街角。我得让她知道，我不想听她的，我听命于大一统国。"照我说的做。"她还挺自信，听声音就能听得出来。好吧，我马上就得跟她好好谈谈。

灰色的制服就像用潮湿的雾编织的，从我眼前闪过，瞬间便消失在了雾气中。我的目光始终未离我佩戴的那只表。我就像那尖尖的秒针，颤抖着。8分钟过去了，10分钟过去了，还差3分钟就12点了，还差2分……

我知道的。我上班已经迟到了。我恨死她了，我应该跟她说明白的……

白雾笼罩下的街角。血。像是用利刃切割的。那是她的嘴唇。

"好像让您久等了。不过这也无所谓。您已经迟到了。"

我怎么……她说的没错。我已经迟到了。

我默默地看着她的嘴。女人都是嘴唇，除了这个，别的什么都不是。有的嘴唇粉红、柔软、圆润——是一个圈，是一面可以对抗整个世界的温柔的盾牌。而眼前这个女人的嘴唇，刚才还不存在，是一个刚被利刃割开的口子，香甜的血还在朝下滴着……

她走近了，肩膀依偎在我的身上，我们成了一体，她混到了我的体内——我知道，事情总会变成这个样子。我全身的每一根神经都知道，我全身的每一根毛发都知道，我的每一次痛并快乐着的心跳都知道。放弃抵抗吧，拥抱这件理所当然的事是多么的快乐。如果是一个铁块，臣服于这精确、不可避免的规则，被绑缚在磁铁上，想必也是这般快乐。一块石头，被抛到空中，犹豫片刻后，飞速朝下砸向大地。最后的痛苦过后，人会快乐地呼出最后一口气——然后死掉。

我记得我笑得有些尴尬，不知为何，我竟然开口说道："有雾……雾气真大。"

"你喜欢雾？"

"你"是一种古老的、已被遗忘的称呼形式，过去的奴隶主经常这么称呼奴隶。这个字慢慢嵌入我的心里，让我感觉很痛。没错，我是奴隶，事情也应该是这个样的，这样也不错。

"是的，这样挺好。"我对自己大声说。然后又对她说："我不喜欢雾。我怕雾。"

"也就是说你喜欢雾喽。你怕它，是因为它比你强大；你恨它，是因为你怕它；你爱它，是因为你掌控不了它。你只能爱拒绝被控制的东西。"

没错,她说的没错。因此我才,正因为如此,我才……

我们俩一起走在街上,浑然一体。透过浓雾,隐约听见太阳在远远的地方唱着歌,四周显出一片生机勃勃之气,金色的、粉色的、红色的,像珍珠一样闪着光泽。整个世界就像一个身材无比庞大的女人,我们就藏在她腹中,我们尚未出生,我们在快乐地成长。很明显,绝对的明显,这一切都是为我而存在的:太阳、雾、粉红、金黄——都是为我而存在的。

我没问我们要去哪里。无所谓了,我们就这样走着,走着,成熟着,生长着,柔软着……

"嗯,我们到了。"I-330停在了入口处,"值班的人刚好是我的一个……我们在古屋的时候我提到过他……"

我不想失去那个正成熟着的东西,就只站在远远的地方看那招牌上写的字,"医务局"。我什么都知道了。

这间玻璃房里弥漫着金黄色的浓雾。天花板上吊着许多彩色的瓶瓶罐罐。满房间的电线。试管里闪烁着淡蓝色的光。

一个小个子男人,极瘦,就像从纸上剪下来的,不管朝那个方向转动身子,都只能看到他的侧影。脑袋那么尖,像用凿子凿出来的。他的鼻子像闪着光的刀刃,嘴唇像剪刀。

我听不到I-330在跟他说什么。我只能看到她说话的表情。我觉得自己快活又幸福,不自觉地露出一丝微笑。忽然,剪刀唇像锋利的刃似的闪过一道亮光,只听那小个子医生说:"是的,是的,我懂。这种病挺危险的,我没见过比这更危险的病。"他笑了起来。他用那纸片般的瘦手在纸上写了些什么，然后递给了I-330。他又在另一张纸上写了一些别的递给了我。

这就算是医生开的证明了，证明我俩都病了，可以不用去上班。我把我那份属于大一统国的工作时间偷走了。我是贼。我该被造福主那台机器惩罚。但我觉得惩罚这种事离我太过遥远，只有在书上才能看到，因此我根本不在乎。我没有丝毫犹豫就把那个证明装进了兜里。我和我的眼睛、我的嘴唇、我的手都知道，事情本该就是这个样子。

在街角一个半空的机库里我们上了飞机。像往常一样，I-330坐在了驾驶位上，"朝上"拉动启动装置，飞机就离开地面朝前飞去。被我们抛在身后的那些东西是什么？是粉中透着金黄的浓雾，是太阳，是刀刃般薄的医生的侧影，突然间觉得医生变得亲切了。过去，一切都绕着太阳转，现在我才知道，一切都在绕着我们转——缓慢地、快活地、眯缝着眼睛围着我们旋转。

那个老女人还在那座古屋跟前。还是那样可爱深陷的嘴，还是那曲折不均的皱纹。这些天她可能一直紧闭着嘴巴，只在这个时候才张开，冲着我们微笑。

"啊，您这个旷工的臭小子！以前就没人这么干过……不过无所谓了，进去吧。要是有事，我会马上跑过去告诉您的……"

那扇沉重、吱呀作响、不透明的门关上了，在那一刻，我的心门敞开了，我的心很痛，心门却越开越大，直至完全敞开。她的香唇触碰到了我的嘴唇，我猛烈地亲吻她，吮吸她，我挣脱开，默默地看着我眼前那双睁大的眼睛……然后再次……

屋里不甚明亮,蓝色、橘黄色、墨绿色的鞣革陈列在里面,金色的佛像在微笑,镜子闪着亮光。我的那个旧梦如今都已明了:一切都浸泡在了那粉中透着金黄的汁液中,而此时此刻,随时都会随着汁液喷溅出来……

那东西成熟了。就像铁和磁石必然屈从永恒不变的精确法则的控制一样,我陶醉地、牢牢地吸附在她身上,屈从于这无法抵抗的自然规律。这里没有粉红色票据,没有算数,没有大一统国,也没有了我。只有那可爱的、紧闭着的尖利的牙齿,只有那双在我面前睁得大大的金黄色的媚眼,我慢慢地陷入这双眼睛里面,越陷越深。周围一片寂静。只是在那个仿佛在数千英里之外的那个角落里,水不停地落在盆中,而我就是整个宇宙,两滴水之间隔着几个时代……

我穿好制服,俯身看着I-330,最后一次把她的一切都看在眼中。

"我了解……我了解的。"她情意绵绵地说。她也快速起身,穿好制服,那尖利的笑又浮现在了脸上。

"哦,堕落天使。现在您完蛋了,"她又在用"您"称呼我了,"您不怕吗?嗯,好孩子。您会自己回去的,对吗?"

她打开那扇镶着镜子的衣橱门,侧过脸来看着我,等着我离开。我乖乖地走了。可我刚迈过门槛时就突然感觉到她应该想把肩膀依偎在我的怀里,只需依偎一会儿,就是这样。

我匆匆赶回(我想)她还在镜子跟前扣制服扣子的那间屋子。我冲了进去,然后停了下来。我看到,衣橱门老式钥匙上的那个环还在晃荡，I-330已经不见了。她不可能去别的地方啊，屋里只有一个出口，可她还是不见了。我把屋子的角落都找了一遍，甚至打开衣橱的门，伸手去摸那些布满了灰尘的古旧衣服。还是没看到她。

我的外星读者们，跟你们说这件完全不可思议的事，我的确觉得有些不好意思。可发生了这样的事，又能怎么办呢？从黎明时开始，这一整天，不是充满了各种各样的怪事吗？不是都很像那种被称为梦的古老疾病吗？既然如此，多一桩或者少一桩怪事又有什么关系？况且，我确信我迟早会用三段论把这些怪事搞得明明白白。想到这里我感到了欣慰，希望你们也能这样。

我好满足！你们要是知道此刻我有多满足就好了！

笔记十四

提要:"我的"。不可能。冰冷的地板。

说的还是昨天的事。昨天晚上临睡前个人的自由活动时间,我忙得很,一个字也没写。但当时发生的一切似乎已深深地刻进我的脑子里,特别是(这可能是永远刻进去了)那冷得叫人无法忍受的地板……

O晚上应该会来我这里,今天是属于她的日子。我去楼下值班人员那里拿允许放下窗帘的许可证。

"您怎么了?"当班的警卫问我,"您看起来有点,我也说不清,反正您今天……"

"我……我病了。"

我说的是真话。我就是病了。整件事都是病态的。就在这时我突然想起来，我有医生开的证明。我在口袋摸索着。它就在那里，发出窸窣的声响。也就是说，一切，真的发生了。

我把证明递给当班的警卫。我感觉自己的脸颊开始发烧。我根本不用去看就知道那个警卫肯定在吃惊地上下打量我。

21点30分了。我左边屋里的窗帘已经放下来了。右边屋子的窗帘还没拉，我看到我的邻居正在看书，他的大脑袋因为脱发变得坑坑洼洼的，瞧上去就像一座小山包，头顶和前额组合在一起俨然成了一个黄色抛物面。我一直在屋里踱步。我的心里很痛。发生了这一切，我该怎么对她说呢？我指的是我的可爱O。我感觉我右边的邻居正在看我，我能清楚地看到他脸上的皱纹，就像一行行不太好辨认的黄色的文字。不知为何，我觉得这些文字就是说我的。

21点45分，我的屋里掀起一阵快乐的粉红色的狂风。那双粉红色的玉臂正搂着我的脖子。然后，我感觉到那个紧箍着我的铁环越来越松，越来越松……最后……那双玉臂垂了下来……

"您变了。您不是我的了！"

好野蛮的一个词——"我的"。我从来也不是……我陷入了困境。我突然想到我的确变了，可现在……因为我现在并未生活在我们这个理性的世界里。我是在一个古老而疯狂的世界里，那里，负1也有平方根。

窗帘放下来了。在那边，在我右边的屋子里，我的那个邻居把桌子上的书碰到了地上，隔着窗帘间那最后的一点缝隙，我看到他那只黄色的手正紧紧抓着那本书。我是多么渴望过去抓住那只黄色的手……

"我本想……我本想今天散步的时候去看您。我有很多……我有很多的话要对您说……"

我的可怜又可爱的O！她那粉红色的嘴唇又变成两个角朝下的月牙了。可我不能把发生的事都告诉她，因为这样一来，她就会成为我的同犯。因为我知道她不敢去保卫局，而这样做的结果就是……

O躺在我的床上。我慢慢地吻她。我吻她手腕上那婴儿般的褶皱。她闭上了她的蓝眼睛。粉红色的月牙形嘴唇像花一样张开了……我吻遍她的全身。

我突然有了一种强烈的空虚感，我的冲动和精力都消耗完了。我做不了了，我不可能再做了。我应该做，可我做不到。我的嘴唇顿时变得冰冷。

那粉红色的月牙形嘴唇开始颤抖，褪去了颜色，开始扭曲。O把被子盖到自己身上，把自己裹得紧紧的，头埋到枕头里面……

我坐在床边的地板上，那是极其冰冷的地板，我什么也没说。身下那惩罚性的寒气越升越高。那寂静的蓝色星际空间，想必也是这般无声而冰冷吧。

"请您理解我……我无意……"我喃喃道，"我尽力了……"

我说的是真的。我，那个真的我，真的不想这样。可我该怎么对她说？我该怎么和她解释？铁块虽不想……但法则是必然的、确切的……

O把头从枕头下抬起来，依然闭着眼睛，说："您走吧。"可她是哭着说出这话的，听起来就像是"您吼吧。"这个可笑的细节也深深地刻在了我的脑海里。

寒气渗入我的骨髓，让我变得麻木，我只好去了大厅。高墙之上隐约能看到一缕烟雾。到了夜里，雾气可能会更浓。今夜会发生什么事呢？

O一声不吭地从我身旁走过，朝电梯走去。电梯门砰的一声关上了。

"等一会儿！"我喊道。我害怕了。

但电梯还是嗡嗡响着朝下走了，下降，下降，下降……

她夺走了我的R。

她夺走了我的O。

然而……然而……

笔记十五

提要：钟形罩。镜子一样的大海。苦命。

我一走进"一统号"建造现场，第二建造师就迎了过来。他的脸还和平时一样：又圆又白，就像个瓷盘子。每次他开口说话时，就像在盘子上给你盛放着一份令人难以抗拒的美味佳肴。他说：

"昨天您病了没来，说实在的，没个主事人这里还真出事了呢。"

"出事了？"

"是啊！铃一响工人就下工了，朝外走的时候——您猜怎么着——看大门的人逮着一个没有号牌的家伙。我可不知道他是怎么混进来的。他们就把他扭送到手术局了。可怜的孩子，那里的人一定会问个水落石出，问他是怎么进来的，进来干吗……"说完他露出一个笑脸，看上去很美味的笑脸。

我们那技术最高超、经验最丰富的外科医生就在手术局工作，由造福主本人直接管辖。那里什么样的医疗设备都有，最主要的是一台叫作"气钟"的机器。那是很久以前做的一个实验了：把一只老鼠放进玻璃罩子里，用气泵把里面的空气慢慢抽出来……反正就是这么回事。当然，气钟跟玻璃罩子相比已是先进了不少，用的气体也不止一种，什么样的气体都用；另外，这机器也不是用来玩弄哪个可怜巴巴、无助的小动物的，它有着崇高的目的，是为了保护大一统国的安全的。换句话说，是为了保护几百万号民的幸福的。大概5个世纪以前，手术局刚成立的时候，有几个傻瓜蛋竟然拿它和宗教审判所相比，真是蠢透了。这就跟把实施气管切开术的医生和拦路抢劫的强盗等同看待一样。虽然他们手里拿的都是刀子，做的也是一样的事——把人的喉管切开——可一个是救死扶伤的医生，一个是罪犯，一个是带"+"号的人，一个是带"–"号的人。

这一切再明显不过了，顷刻间就能看到这一切，逻辑机器只需转一圈就能明白这一切。突然间，齿轮紧紧地咬住了"–"号——于是某个完全不同的画面就浮现出来：那个钥匙环还在那扇衣橱门上晃荡。那扇门显然是刚关上的，可她，I-330，却不见了。她消失了。这绝不是机器造成的。是做梦？可我还能感觉到它，还能感觉到我的右肩膀上那说不清的甜蜜的疼痛，I-330刚刚就依偎在那里，在雾气中依偎在我的怀里。"您喜欢雾？"

是的,连雾都喜欢。我喜欢一切。喜欢一切生机勃勃、新奇的东西,一切都很好……"

"一切都很好。"我大声说。

"都很好?"他瞪着那双圆圆的陶瓷般的眼睛。"这种事好吗?既然那个没有号牌的家伙进来了……那他们肯定……就无处不在了,他们来了这里,在'一统号'周围晃荡,还在……"

"您说的这个'他们'是谁?"

"我怎么知道是谁?但我感觉到他们了——懂我的意思吧?我每时每刻都能感觉到他们就在附近。"

"您知道他们研究出的那种新手术吗——就是把幻想切掉的那种?"(其实我也是最近才读到这消息的。)

"我知道。您为什么突然提这个?"

"因为如果我是您的话,早就让人家帮我做这个手术了。"

这个家伙瓷盘子一样的脸上露出一副吃了柠檬般酸溜溜的表情。真是个可爱的小家伙。我就暗示了他一下,说他会幻想,他就觉得自己受了莫大的委屈。话又说回来,如果是一周前的我,也会觉得自己受了委屈。可现在我不这么想了。因为我知道我也会幻想,而且我病了。我还知道我现在不想恢复健康。我就是不想。我们爬上玻璃楼梯。将下面的一切看得清清楚楚。

读这些笔记的人,不管你是谁,总有个太阳在你头顶。如果你曾经得过像我这样的病,就会知道早晨的太阳是什么样子,或者它可能是什么样子,你会看到它那粉红色、透明而温暖的金色光芒。就连空气也略带粉红,万物都浸泡在太阳那温柔的血液中，都是有生命的；石头是柔软的、有生命的；钢铁是温暖的、有生命的；人也是有生命的，每个人都在微笑。再过一个小时，也许一切都可能会消失，最后一滴粉红色的血会消失，但此时此刻，万物都是有生命的、充满活力的。我看到有什么东西正在"一统号"的玻璃汁液中起伏、涌动。我看出来了，"一统号"正在思索着它那伟大又令人畏惧的未来，在思索它即将递送给你们的那无法逃避的幸福的重担。而你们，我的陌生读者们，永远在寻找幸福，却从未找到它。你们会找到幸福的，你们会幸福的，不用等太久了。

"一统号"的船身差不多造好了。船身是用我们的玻璃做的，很长，呈椭圆形，看上去很漂亮。那玻璃像金子一样耐久，像钢铁一样柔韧。我看到工人们正在里面把横向隔框和纵桁固定在船体上；还有人在船尾为巨大的引擎安装底座。每隔三秒钟，"一统号"那巨大的尾巴就会把火焰和气体喷向浩瀚的宇宙，这个满载着幸福的疯狂的帖木儿[①]就会……

我看着下面的那些人，看着他们弯腰、起身、转身，动作干净利落，不快不慢，就像一台巨大机器上的操纵杆，每一个动作都和泰勒手册上要求的一致。他们手里拿着闪着火光的割炬，火花四溅地切割和焊接玻璃壁板、角板、肋片、梁肘板。我看着用洁净的玻璃制造的巨型起重机，在玻璃轨道上慢慢滑动，就像人一样，听话地转身、弯腰，把货物装进"一统号"舱体。它们都

[①] 帖木儿（1336—1405），帖木儿帝国创建者，出身突厥化的蒙古贵族。

88

是一模一样的，简直就像一个模子刻出来的，都是人性化了的、完美无缺的。那是一种最高贵、最富有流动性的美，和谐、音乐……我真想马上下去，去到他们身旁，和他们在一起！

我会去那里，和他们肩并肩站在一起，融入他们中间，沉浸在钢铁的节奏中，看那丝毫不差的动作，那透着坚定的红红的圆脸颊，那没有受到任何愚蠢念头困扰、镜子一样光洁的眉头。我在风平浪静的大海上航行。我的心终于踏实下来了。

突然，有个人安静地转过头来对我说："今天怎么样？感觉好些了吗？"

"好些？什么好些……"

"我是说您昨天没来。我们都以为您得了什么重病，卧床休息了……"他的额头光亮，脸上挂着孩子般天真无邪的笑容。

我的脸一下变得通红。面对这双眼睛，我不能撒谎，不能。我什么也没说。我的心沉下去了。

那个又白又圆的瓷盘子脸出现在了舱口："喂！D-503！介意到这儿来一趟吗？我们发现连接控制台的一条肋片有些紧，连接点的压力高达……"

我没听他说完就赶紧朝那边冲过去——我的样子很不雅，像在逃命一样。我不敢抬头看。脚下的玻璃台阶散发出的光使我头晕目眩，每走一步都让我感觉越发绝望。我本不该到这里来的，我是一个罪犯，是一个被毒害了的人。我再也跟不上那分毫不差的机械节奏，再也不能在风平浪静的大海上航行。我这辈子注定受苦，注定东躲西藏，注定要找一个不被人看到的角落躲起来。

永远都这样,直到最后能有足够的勇气去……

一个冰冷的火花穿透了我:我无法承受,我一个人受苦也就算了,可还有她呢,她也……

我爬出舱口,在甲板上止住脚步。我现在不知道该去哪里,也不知道为什么要来这里。我抬头看了看天。太阳被月亮折腾得筋疲力尽,此刻正缓缓上升。我的脚下是"一统号",灰色的玻璃船体,毫无生气地躺着。玫瑰色的血流光了,我知道这一切都是我的幻想,幻想一切都和以前一样,但我也明白……

"您这是怎么了,D-503?您聋了吗?我一直在喊您……您怎么了?"是第二建造师的声音,他肯定喊了我很久。

我这是怎么了?我失去了方向舵。马达拼尽力气狂吼,飞机颤抖着朝前疾驰,但方向舵竟然不见了,我不知道它去了哪里。会朝下俯冲马上撞上地球,还是会向上……飞向太阳,飞向那火焰……

笔记十六

提要：黄色。二维鬼影。无法治愈的灵魂。

好几天没写了。我不知道有多少天没写，日子过去了那么多，却像只过了一天。那段日子只有一种颜色：黄色，就像干燥、炎热的沙漠，没有一片阴凉，没有一滴水，黄色的沙漠无边无际。没有她我活不下去——但自从她在那座古屋中神秘消失之后……

从那时算起，我只在散步时见过她一次。那是两天、三天还是四天前……我也说不清了。所有的日子都一样。她一闪而过的那一刻，我那像荒凉的沙漠一样的世界，瞬间也被填满了。和她手拉着手的是那个身体有两道弯的S形的家伙，那家伙矮得很，只到她肩膀那里，还有那个瘦如纸片的医生，还有第四个号民——我只记住了他苍白、细长的手指的样子,就像一束光从制服的袖子中射了出来。I-330向我挥手,然后把身体俯在S的脑袋上,对那个手指细长的家伙说了些什么。我听到了"一统号"这个词,然后他们四个人一起扭过身来看我,随即便消失在灰蓝色的天空中,只剩下我和那条如黄沙般干燥的路。

她有一张那天晚上来我这里的粉红色票据。我站在对讲机的屏幕前,心里又恨又爱,恳求它赶紧响,这样屏幕上就能出现I-330这个号码了。电梯门哐当响个不停,出来的有各种各样的人——白脸的、高个的、黑脸的——却唯独没有她。她没有来。

也许就在此刻,就在22点整,我在写这些东西的时候,她正双眸微闭,依偎、陶醉在别人身上,温柔地对那个人说着:"你爱我吗?"谁?他是谁?是那个手指细长的?还是那个厚嘴唇、一说话唾沫星子就乱飞的?是R还是S?

S……这些日子我总是听到他那扁平足发出的脚步声在我身后啪嗒啪嗒响,就像踩在水坑中一样。他为什么整天像鬼影一样跟着我?这个灰蓝色的二维鬼影总是出现在我的前面、侧面、后面。人们从它里面穿过,踩着它,可它还是在那里,在我身旁,就像被某条无形的脐带拴着。也许她,I-330,就是那条脐带。我说不清。也许他们,那些警卫,早就知道我……

这么说吧,他们已经告诉了你,你的影子能看到你,每时每刻都能看到你。你明白吗?你就突然会有一种奇怪的感觉,你的胳膊好像成了别人的,在前面挡着你的路。我发现自己就像个傻瓜,晃动着胳膊,却和两条腿怎么也不合拍。有时你会觉得你得朝身后看一眼，但你做不到，你的脖子就像被老虎钳紧紧夹住了一样。因此我撒腿就跑，越跑越快，我的后背感觉到我的影子正在追我，也越追越快，我无路可逃，无路可逃，找不到躲避的地方了……

我回到我的房间里，终于只有我一个人了。但现在我又看到了别的东西：电话。我拿起了听筒说道："是我，请让I-330接电话。"听筒里轻微的嘈杂声响了些，是人的脚步声，是接电话的那个人在过道里走动，是奔着她那屋去的，然后就什么声音也听不到了……我猛地放下了听筒……就这样吧，我不能等下去了。我要去她那里，我要去找她。

这是昨天的事。我匆匆赶到那里，从16点到17点，这整整一个小时，我一直在她住的那栋楼下转悠。号民们排着队从我身旁过去了。数千只脚整齐地踏着步子，像一头长着一百万只脚的怪兽呼呼喘着粗气从我身旁飘过去了。但我还是独自一人，像是被暴风雨冲到了一个荒无一人的小岛上，用眼睛在灰蓝色的波浪中一遍又一遍地搜寻着。

那上挑到太阳穴的眉毛所组成的那个尖锐、透着嘲讽的三角形，可能随时都会出现，还有她那像黑暗的窗户的眼睛，那里面有一个燃着烈火的壁炉，有某个人的影子在移动。我直接冲到那里，冲到了里面，我冲她大喊（我是用的那个熟悉的"你"称呼她的）："可你的的确确知道，我不能没有你。你为什么还这样……"

她沉默不语。突然，我就什么都听不到了。然后，突然之间，我听到了音乐工厂奏出的音乐声，我这才明白现在已经过了17点了，他们早就走了，只剩我一个人，我迟到了。我的周围是一片沐浴在黄色阳光下的玻璃沙漠。在平滑的玻璃表面上，我看到闪光的墙壁就像水中的倒影一样倒挂着，我，也倒挂在那里，模样可笑得很。

我得马上赶到医务局，让他们给我开一张证明，就说我病了，否则我就会被抓住，然后……也许这是最好的结局。就在那里待着，耐心地等着被发现，然后把我送进手术室——转瞬间，一切都会结束，我的债也永远还清了。

一阵窸窣声，那个身体两道弯的人的影子就站到了我的面前。我不用看就能感觉到那两只铁灰色的钻头快速地钻进了我的身体。我拼尽全部力气笑着说（总得说点什么）："我……我得去医务局。"

"您怎么了？那您为什么在这里站着？"

我像个傻瓜那样双脚朝上倒挂着，羞耻如烈火般灼烧着我的心，我一语未发。

S严厉地说："跟我走吧。"

我听话地跟他走了，一边走一边摇晃着仿佛属于别人的那两只没用的胳膊。我抬不起眼睛。我始终在一个头脚倒置的疯狂世界中走着。机器的底座是朝上的，人的双脚紧紧贴附在天花板上，下面就是紧贴着厚厚的玻璃人行道的天空。我记得，最让我心痛的是，这竟是我最后一次这样看这个世界——这个颠倒的世界，而这个世界本不该是这个样子的。但我无法把眼睛抬起来。

我们停下脚步。我的前面是一级级台阶。只需再向前跨出一步，就能看到几个身着白衣的人（医生）和那个巨大的无声的气钟……

最后我就像开启了螺旋传送装置，拼尽全力才把目光从脚下的玻璃上挪开。突然，"医务局"这几个金色大字映入我的眼帘……他们为什么要带我来这里而不是手术局？他们为什么要放过我？这是我在那一刻没有料到的。我一步就跨过了门槛，随手把门重重关上……然后来了一次深呼吸。我感觉自今天清晨起我就没有呼吸过，我的心也没有跳动过，现在，我才开始呼吸，我胸中那道防洪闸门才第一次打开……

在场的有两个人。一个是矮个儿，腿长得像石墩子，用眼睛上下打量着病人，好像要用犄角把病人的身体挑开似的。另一个身材极瘦，嘴唇像剪刀刀片，鼻子像尖利的刀刃。原来是那个家伙。

"您的情况很糟糕。您好像有了灵魂。"

灵魂？这是一个奇怪、古老、被遗忘许久的词。我们有时候会这么说："灵魂伴侣""灵与肉""消磨灵魂"，等等，可灵魂究竟是……

"这……很危险吗？"我嘟囔道。

"治不好。"剪刀嘴斩钉截铁地回答。

"可……这到底是怎么回事？我不……我不懂。"

"您看……怎么跟您说呢？您是数学家，对不对？"

"对啊。"

"那好……就以平板、平面为例，就说这个镜面吧。看到了没，我们俩此时就站在这个面上，眼睛眯缝着看太阳，这是一根管子，里面冒着蓝色的电火花，那边是飞机掠过的影子。但这些都只是表面，且只存在一瞬间。请想象一下，如果有一堆火把这个无法穿透的平面烧软了，在上面什么影子也看不到了，什么东西都能穿透它，进到那个镜子的世界。我们就像孩子一样好奇地看着里面，我要坚定地告诉您，孩子们可不是傻瓜。这样，平面就变成了立体、实体、世界。太阳、飞机螺旋桨排出的气流、您那颤抖的嘴唇等，一切都在镜子里，在您的心里了。您应该知道，冰冷的镜子能反射，但变软了的镜子只会吸收，且一切事物留下的痕迹都会永远存在。别人脸上一道几乎难以察觉的皱纹一旦被您看到，就会永远留在您的心里；就像您在寂静中听到了水滴落下的声音，此刻您应该还能听到吧。"

"是的，是的……的确是这么回事，"我抓住他的手说，"我刚刚就听到了。是……洗手池的水龙头那里发出的声音……滴得很慢，悄无声息地滴着。我记得这个声音，永远都不会忘记。等等，我为什么会突然有了灵魂？很久都没有这种东西了，现在为何……别人都没有，为什么我……"

我更加用力地抓着那双无比瘦弱的手。我怕失去我的救生圈。

"为什么？为什么我们不长羽毛？不长翅膀？为什么我们只有和翅膀相连的肩胛骨？为什么？因为我们已经不需要翅膀了。我们现在有飞机。翅膀是用来飞的，可我们现在已经没有地方可飞了，我们已经飞到了目的地，我们已经找到了我们要的东西。您说是吗？"

我困惑地点点头。他看着我，冲我发出像尖利的手术刀般的笑声。另一个医生，听到这话，迈着石墩子一样的腿从诊室里啪嗒啪嗒地走了出来，像用犄角挑人一样扫了我一眼，又扫了那个瘦如纸片的医生一眼。

"你们说什么呢？灵魂？您刚才是说灵魂了吗？哦，天啊！用不了多久又会出现霍乱了。我是怎么跟您说的？（他用犄角挑了挑那个瘦子）我跟您说过这事……我们应该给他们都做手术，把幻想切除。做手术是唯一有效的办法……除了手术，别的办法都不行……"

他戴上一副X光眼镜，围着我转了好久，透过我的头骨窥视着我的脑子，并且不停地在本子上写着什么。

"奇怪，极其奇怪！听着，您愿意让我们把您泡在酒精中来消毒吗？这对大一统国来说意义非凡……能帮我们预防疫病的发生。如果您没什么特殊的理由，这当然是……"

"您要知道，"瘦子说，"D-503是'一统号'的建造师。我确信这会违背……"

"这样啊。"矮个子医生嘟囔了一下，又迈着两条石墩子一样的腿回到了诊室。

外面只剩下我和瘦子两个人了。他那瘦如纸片的手轻轻地、很随便地握着我的手，并把脸凑过来，对我低声说："我告诉您个秘密，有灵魂的不只您一个。刚才我的同事不是无缘无故提到疫病这个词的。想一下——您有没有注意到别的人也有类似这种……非常类似，非常相近的东西？"他看着我。他暗示的是什么？暗示的是谁？难道是……

"听着……"我从椅子上猛地站了起来。但他已经开始大声谈论别的事了："……至于失眠症，您做的那些梦，我只有一个建议——多散步。明天就开始行动，早上起来溜达溜达，比如说走到古屋那里。"

他的眼神和那难以捉摸的笑容刺穿了我的身体。我觉得我好像清楚地看到了他那个微妙的笑容里面的一个词……一个字母……一个名字，唯一的名字……这会不会又是幻想？

我好不容易等他给我开好了今明两天的病假条，然后用力地握了握他的手，什么也没说就跑了出去。

我的心就像飞机一样，变得轻快了，它载着我一直朝天上飞。我知道明天会有某种幸福在等着我。那是怎样的幸福呢？

笔记十七

提要：透过玻璃。
我死了。长廊。

我彻底糊涂了。昨天这个时候我还觉得自己把一切都搞清楚了，发现了每一个X的价值，如今我的公式中又出现了一些新的问题。

整件事的坐标原点当然是那座古屋。最近在我的整个世界中开始发挥基础作用的X轴、Y轴和Z轴都是从那里引出来的。我沿着X轴（第59街）朝坐标原点走去。昨天发生的事在我看来就像五彩斑斓的旋风在我脑海里翻腾：倒挂的房屋和人，让人痛苦的怪手，闪光的剪刀，落入洗手池的水滴——这都是事实，或者以前发生过这样的事。这一切将我的肉体撕裂，在那里，在被火烧软的表面下边，在"灵魂"的寄居处打旋。

我遵照医生的嘱咐,刻意不去走直角三角形的斜边,我走的是那两条直角边。现在我已经走上了第二条直角边,这是一条沿着绿墙的地基朝前蜿蜒的路。从墙那边无垠的碧海那里,一阵夹杂着树根、鲜花、枝条和绿叶的气息朝我涌过来,眼看着要把我吞没,似乎要把我从一台最精密的机器(人就是机器)变成一个……

幸好我和碧海之间隔着那道绿墙。哦,那墙多雄伟、多神圣,彻底隔断了智慧,真是一座坚固的屏障!它可能是有史以来最伟大的发明了。第一道墙竖起的那一刻,人就褪去了野性。绿墙建起的那一刻,我们这个完美无缺的机器世界就和那个愚蠢、荒谬、丑陋的有树、有鸟、有动物、有……的世界完全隔离开了,人也不再野蛮……

透过昏暗、沾满水雾的玻璃朝外望去,模糊地看到一头野兽的脸正对着我,它那黄色的眼睛里反复流露出一种我无法理解的想法。我们就这样久久地看着对方的眼睛,就像连接这个表面世界和那个表面之下的世界的竖井。然后我的心里慢慢有了一个想法:"这个黄眼睛的家伙,住在一堆烂叶子里面,过着荒谬、没有算计的生活,说不定它过得比我们幸福呢?"

我挥挥手,那双黄眼睛眨了眨,然后朝后退,消失在了烂叶子里。好可怜的东西!好蠢,我竟然会认为它比我们过得幸福!要说比我过得幸福,有这种可能。可我只是个例外,我是病人。

然后,我……我已经看到那座古屋暗红色的墙了,还有那个可爱的老女人深陷的嘴。我使出全力朝她那边跑去:"她在吗？"

"她是谁？"

"谁？！当然是I-330了……那天我们一起来这里的……坐着飞机……"

"哦，是的……是的，是的，是的……"

嘴周围的皱纹很乱，眼睛发出的狡黠的光芒，刺进我的心里，越扎越深，直到最后她开口说道："嗯，好吧，她在这儿呢。刚来不久。"

她在这儿。我看到老女人的脚边长着一丛银色的苦艾（古屋的院子也是这个博物馆的一部分，至今仍保留着史前的模样）。那丛苦艾有一根枝条爬到了老女人手上，老女人正抚摸它，一道阳光照射在她的膝盖上。在那一瞬间，我、太阳、老女人、苦艾、黄色的眼睛——我们融为了一体，血脉相通，血管中流动着的是同一种狂暴、崇高的血液。

我现在羞于写这件事，可我以前承诺过写这些笔记时不做任何保留。那我就坦白说吧，我俯身亲了老女人那深陷、光滑、柔软的嘴唇。老女人在嘴上擦了擦，咧开嘴笑了。

我小跑着进入那熟悉、略显狭窄的屋子，不知为何，我直接去了那间卧室。我已经到了门口，抓住了门把手，就在那时，我突然想到："假如屋里还有别人呢？"我停下脚步静静听着。但我只听到某种怦怦声，那声音不是我体内发出来的，而是从我附近的某个地方发出来的，但就是我的心在跳。

我进去了。宽大的床上被子叠得整整齐齐的。那面镜子在，还有衣橱门上那面镜子,钥匙孔那里还插着那把带环的钥匙。屋里空无一人。

我轻声叫道:"I-330!您在吗?"然后我把声音又放轻柔了一些,眼睛闭着,不敢呼吸,仿佛正跪在她的面前:"I-330!亲爱的!"

周围一片寂静。只能听见水龙头里的水正急急地滴到白色的洗手池里面。我也说不出来是为什么,反正这声音让我烦得不行。我猛地一拧门把手,出去了。很明显,她不在这里。也就是说她可能在别的屋子里。

我从宽大、阴暗的楼梯跑下来,跑到楼下,先试着推了一扇门,然后又推了一扇,又是一扇,门都锁着。除了"我们"那间屋子,别的屋子都上了锁,可那间屋子里也没有人啊。

不知为何,我又返回头去了那间屋子。我走得很慢,走得很吃力,我的鞋底仿佛变成了铁的。我清楚地记得,当时我在想:"地球引力恒定不变的说法是错的。也就是说,我的那些公式都……"

刚想到这里,突然响起一阵很大的声音。我听到楼下的门砰地响了一下,有人在石板路上沉重地走着。我突然又变得轻快了,迅速冲到栏杆那里,想要把心中的一切思绪用一个"你"字、用那一声叫喊表达出来……

我愣住了。在那里,在四方形的窗框投下的暗影中,我看到了S的脑袋,还看到他那翅膀一样的耳朵在摇晃。

我瞬间得出了一个结论,一个没有前提(就算是现在我也不知道前提是什么)的结论:"绝不能让他看到我,绝不能。"

我紧贴着墙壁，踮起脚尖慢慢回到了那间没有上锁的屋子。

我在门口又停了一下。那人正迈着沉重的步子上楼，朝我这边来了。我祈求那门不要发出任何声音，可那门是木头做的，我推开的时候还是嘎吱一声。那些东西如旋风般掠过我的眼前——绿色的东西、红色的东西和黄色的佛像。我站在那扇有镜子的衣橱门前：我的脸已变得苍白，目光呆滞，嘴唇……透过体内血液流动的声音，我听到那门又嘎吱响了一下……是他，是他。

我一把抓住衣橱门的钥匙，那个环在晃荡。这让我想起了一件事，瞬间又得出一个没有前提的结论。也许是某个结论的一部分："那次I-330……"我赶紧打开衣橱门，藏了进去，藏在黑暗中，随手把门关死了。我朝前走了一步，有个东西在我的脚下挪动了一下。然后我就开始缓慢、轻柔地向下飘。我的眼前一片漆黑。我死了。

后来，当我试着把这些怪事都写下来的时候，我曾在我的记忆和书中仔细搜寻，却一无所获。当然了，现在我知道这是怎么一回事了。那就是一种暂时死亡的状态，这种事古人们很熟悉，但据我所知，我们这些现代人是完全不懂的。

我不知道我死了多久，很可能是5秒钟到10秒钟，但的确只过去了一小段时间，我就复活了。我睁开了眼睛。四周一片漆黑，我感觉自己一直在下沉，下沉……我伸出手想抓住什么，却被从我身旁飞过去的一堵粗糙的墙蹭得手指都流了血。这显然不是我那病态的幻想玩的什么鬼把戏。可这又是怎么回事？

我能听到自己那不匀称的呼吸，好像特别害怕（我也羞于承认这件事，可一切发生得太突然，让我真的不知所措了）。一分钟过去了……两分钟……三分钟……我还在下沉。最后我感觉到下面传来一股很轻的作用力。刚才在我脚下一直在下沉的东西也停住了。我在黑暗中摸来摸去，摸到了一个像是门把手的东西，我猛推一下，一扇门就开了，昏暗的光透了进来。我转身一看，身后有一个方形平台正在快速上升。我冲了过去，可一切都已太迟。我被硬生生地留在了这里。"这里"究竟是哪里，我也不知道。

一条长廊。极其寂静。圆形拱顶下是一条无限长的闪着亮光的摇摆着的小灯泡。看起来有点像我们地铁的"甬道"，只是要窄得多，也不是用玻璃做的，而是用某种古老的材料做的。我瞬间想到了两百年大战期间人们用来藏身的那些洞穴……但不管是什么，我得走了。

我想我大概走了有20分钟。然后向右拐，长廊变宽了，灯光也变亮了。某种听不太清的嗡嗡的声音传了过来。可能是机器发出的声音，或者是人的声音……我也说不清……我只知道自己此刻正站在一扇沉重、不透明的门前，嗡嗡声就是从那里面传出来的。

我敲了一下门，接着又敲了一下，这次声音要大一些。门后面安静下来了。叮当声过后，沉重的门缓慢地打开了。

我不知道我们两个谁更吃惊，我看到了那个瘦如纸片、鼻子如刀刃的医生。

"是您？您在这儿？"他那剪刀一样的嘴唇咔嗒一声合上了。而我，我感觉自己都听不懂人话了。我什么也没说，只是看着他，他跟我说的我一个字也不懂。他可能是说我得离开这里，因为说完这话他就用他那纸片一样的肚皮把我顶到了长廊上较明亮的一头，还在我的背后粗暴地推了我一下。

"对不起，我本想，我以为是她，那个I-330……可是我身后……"

"待在这里。"医生打断了我的话，消失了。

终于如愿以偿！她就在这附近……谁还在乎"这里"是哪里呢？那熟悉的橘黄色的丝裙，那噬人般的微笑，那藏在窗帘后面的眼睛……我的嘴唇，我的手，我的膝盖都在颤抖……一个可笑的想法划过我的脑际："声音源于振动。颤抖应该会发出声音。可我怎么听不到？"

她在我面前睁着眼睛，睁得很大，我走了进去……

"我再也受不了了！您去了哪儿？为什么……"我说，目光始终未离开她的身体一刻。我语无伦次，说得又快又不连贯，也许我一句话也没说，只是在心里这么想。"那个黑影……我身后……我死了……从衣橱里……因为您的那个医生……长着剪刀一样的嘴的医生说我有灵魂……说我的灵魂不可治愈……"

"不可治愈的灵魂！您真是个可怜虫！"I-330突然狂笑起来。她的笑声溅了我一身，我的梦呓消失了，四周尽是笑声的小碎片，在闪着光，一切……一切竟是这般美妙。

医生又从角落里出来了，那个神奇、高贵、瘦如纸片的医生。

"怎么了……"他停在她的身旁说道。

"没问题，没问题！我稍后告诉他。他只是碰巧……告诉他们我……15分钟以后回去。"

105

医生身形一闪，消失在角落里。她等了等，传来沉闷的关门声。然后I-330极其缓慢地把她那锐利又甜蜜的针插到了我的心里，而且越插越深，她的肩膀、胳膊、整个身体依靠着我，我们两个，我和她一起朝前走去，我们融合在了一起……

我不记得我们是在哪个地方拐进了黑暗中，也不记得我们在黑暗中是如何完全默不作声地爬上了那没完没了的楼梯。我看不到，但我知道她像我一样，闭着眼睛，头朝后仰，紧咬嘴唇，一边听着音乐——我那几乎听不到的颤抖声——一边朝前走。

那座古屋的院子里有数不清的荒僻角落，我醒过来时发现自己就在这样的一个角落里。这里还有一道土墙——光秃秃的石垒，残垣断壁上支棱着黄砖残土。她睁开眼说道："后天16点。"说完就走了。

这一切真的发生了吗？我不知道。后天我就能知道了。唯一实实在在的证据是我的右手指尖上的皮被蹭掉了。但今天在"一统号"建造现场，第二建造师信誓旦旦地对我说，他看到我用这几个手指不小心碰了一下砂轮，也许可能是这么回事。谁知道呢。我不知道。我什么也不知道。

笔记十八

提要：逻辑迷宫。伤口和药膏。永远不再来了。

昨天我一躺下来就马上沉入睡梦的海底，就像一条因装的东西太多而翻了的船。我的周围是绿色的海水，起伏着，深不见底。最后我慢慢地从海底浮了上来，半路上睁开眼一看。我看到了我的房间，天还早，时间好像静止了一样。那扇衣橱门的镜子上反射出一个光点，刺中了我的眼睛。我睡不着了，无法执行时间表上所规定的睡眠时间。其实，最明智的做法就是打开那扇衣橱的门。但我感觉自己整个身体都被困在了蜘蛛网里，眼睛也被蜘蛛网蒙上了，我没有力气起来。

我还是挣扎着起来了，打开柜门——我突然看到门后面有个人正在脱衣服，那人浑身粉红，原来是她，I-330。现在就算是再离奇的事，我也见怪不怪了，因此我当时并未感到一丝意外。我什么也没问她。我只是马上钻到衣橱里面，随后重重地把门关死，然后——喘着气、迫不及待地、手忙脚乱地、贪婪地——与I-330融为了一体。我现在算是看清楚了：在黑暗中，有一道强烈的光，犹如闪电，透过门上的缝隙，先射到了地板上，而后射到了衣橱壁上，然后越升越高……最后这道利刃一样的光落在了I-330朝后仰着的裸露的脖子上……这一切极为恐怖，让我无法忍受，我忍不住大声尖叫……我又一次睁开了眼睛。

我的房间。天还早，时间好像静止了一样。那个光点还在衣橱的门上。我躺在床上。我在做梦。但我的心依然猛烈地跳着，颤抖着。我的指尖、膝盖还有些痛。毫无疑问，这一切真的发生了。我现在已分辨不清梦与现实。无理数冲破一切稳定、惯常、三维的东西，在我的周围，某种粗糙、简陋的东西正在取代坚实、光滑的平面……

起床的铃声还得过很久才会响。我躺在床上思索……一条极其古怪的逻辑的锁链开始展开……

在这个表层世界中，每个公式、方程式都有与之相对应的曲线或实体。但据我们所知，对于无理数公式，对于我的无理数来说，我们不知道与其相对应的实体，我们从来没有见过它们……恐怖就恐怖在这里——这些实体，虽然看不到，却是存在的。它们绝对存在。因为在数学中，它们那多刺的怪影——那些无理数公式，都排好了队，站在我们面前，就像上了屏幕一样——展示给我们看。数学和死神一样是不会犯错的。在我们生活的这个表层世界中，如果我们看不到这些实体，那么，这个表层下面一定存在一个完整、广阔的世界。

我不等铃响了，一下子从床上蹿起来，开始在屋里来回走动着。我的数学，也就是迄今为止在我的整个错位世界中唯一永远不变的那座小岛，现在也挣脱了我的控制，打着旋漂走了。这是否意味着尽管我现在看不到我的制服、我的靴子（它们在那扇有镜子的衣橱的门后面），可它们仍像那愚蠢可笑的"灵魂"一样是真实存在的？如果靴子不是病，"灵魂"又怎么是病呢？

我被困在这片野生的逻辑灌木丛中，想找条路出去，却找不到。枝条交杂，无比混乱，就跟绿墙外面的那片林海一样神秘莫测，一样恐怖。这些灌木长相怪异，难以理解，也是不用语言说话的生物。我幻想着能透过某块厚玻璃看到那个无限大又无限小，就像蝎子一样的无理根里面，隐藏着的那根如负号一样敏感的毒钩……也许那就是我的"灵魂"，就像古代的蝎子精，为了……甘愿用毒钩去刺自己。

起床铃响了。天亮了。这一切既没有死亡也没有消失——只是被日光覆盖了，就像有形的物体被夜的黑暗覆盖却并没有死亡一样。我的脑袋里升起一团薄雾。透过这薄雾，我可以看到长长的玻璃桌子，还有一个个圆形的脑袋在慢慢地、默不作声地、有节奏地咀嚼东西。远处有个节拍器在滴答滴答地响着，声音穿过薄雾，我跟着它那熟悉的、亲切的节奏机械地同别人一起咀嚼着食物数数，一直数到50，依照规定，每吃一口都要咀嚼50下。

109

然后，我跟着同样的节奏下楼，像每个人一样，在外出登记簿上写下自己的名字。但我总觉得我和别人不一样，我总是一个人，仿佛周围有一道柔软、隔音的墙，我的世界就在墙的这边。

可是如果墙这边的世界只有我一个人，那记这些笔记又有什么意义呢？我在笔记中记录的这些愚蠢可笑的梦、衣橱、永远也走不完的长廊又是怎么回事？我泄气地发现我原本想写的颂扬大一统国的典雅、数学般精确的诗篇，在创作的过程中竟然慢慢地变成了一部幻想类的冒险小说。哦，我真希望这只是一部小说，而不是对我充斥着X和各种堕落行为的真实生活的一种记录。

不过，或许这也是一件不错的事。你们，我的陌生的读者们，和我们（我们都是大一统国的种，已经达到了人类所能达到的最高峰）相比最像孩子。就因为像孩子，我才要在给你们的这些苦涩的东西表面精心地涂抹上一层厚厚的惊险糖浆，这样你们才能吞下去。

傍晚。

你有过这样的感觉吗？坐着飞机，在蓝色的天空中高速盘旋，窗户开着，风在呼啸，你看不到地球，你忘记了地球，地球就像土星、木星、金星一样离你那么遥远？我现在就这样生活着。风吹打着我的脸，我已忘记了地球，忘记了我的可爱O。但地球始终存在，我迟早都会降落到地球上，我只是闭着眼睛不去看我的性爱时间表上所标出的我和O-90的那个日子罢了，那上面还有她的名字……

这天傍晚，遥远的地球送给我一样东西，提醒我它是存在的。

遵照医生的嘱咐（我真的想把病治好），我在空无一人的玻璃街道上足足晃荡了两个小时。按照时间表上的规定，每个人都去了大教室，只剩下了我一个人……从根本上说，那是一种不正常的景象。试着想一下：一根手指，从身体上被切掉了，这根孤零零的人的手指，弓着腰，在玻璃人行道上边跑边跳。我就是那根手指。

整件事中最奇怪的、最不正常的是那根手指根本不愿意回到那只手上面，和别的手指待在一起。它想独自这样待着，或者……嗯，明说了吧，再隐瞒下去也没什么意思了：要么独自待着，要么和那个女人在一起，让她把肩膀靠在我的身上，让她搂着我，我把整个的自己都给她……

我回家时太阳已经落下去了。傍晚玫瑰色的余晖落在了玻璃墙上面、蓄能塔金色的尖顶上面以及从我身旁经过的那些号民的声音和笑容上面。落日的余晖照射的角度和初升时的太阳照射的角度一模一样，但现在一切的景象却完全不同，那是一种不一样的玫瑰色，很安静，还略微透着一种苦涩，可到了早上，它的声音就又变大了，又闹腾起来了，你说这奇怪不奇怪？

此刻，楼下大厅里值班的那个叫U的女人从盖满玫瑰色余晖的信件中，拿出来一封信递给了我。我一遍又一遍地说着：她是个非常好的女人，我确信她对我有好感。

可每次看到她那像鱼鳃一样的下垂脸颊，我还是喜欢不

111

起来。

她用那只堆满皱纹的手递信给我时叹了口气,但这声叹息几乎没有扰动把我和这个世界隔开的那面帘幕。我的心百分百都在那个信封上面,我的手在剧烈抖动,不用说,这信是I-330写来的。

就在这时,那女人又叹了一口气,声音很尖,像在下面画了两道表示强调的线一样,搞得我赶紧扔掉了手中的信。在两片鱼鳃中间,透过她那低垂的眼皮后面那面害羞的窗帘,我看到了一个温柔、欣喜、盲目的微笑。然后那女人说:

"您这个可怜的家伙……"她说这话时所发出的叹息可以在下面加三道线来表示强调了,然后冲着那封信点了点头(她早就看过信了,这是她的本职工作),点得那么轻微,几乎叫人无法察觉。

"不,其实,我……我是说,为什么?"

"不,不,亲爱的。我比您还要了解您。我观察您很久了,我能看出来您需要找一个阅历丰富的女人跟您一起过日子。"

一切就都在这微笑中了,我有种感觉,这微笑就像药膏,能治好我颤抖的手中的这封信即将给我造成的创伤。她最后透过那害羞的帘幕,很安静地对我说:"我考虑一下,亲爱的,我考虑一下。别担心……如果我觉得自己还有精力……不,我还是先要好好考虑一下……"

伟大的造福主!可不要告诉我这就是我的命运……别告诉我,她想说……

我有些目眩，眼前出现了数千条正弦曲线，那封信跳动着。我走到有阳光的地方，走到墙那边。墙那边，太阳正在下落，天越来越黑，玫瑰色的余晖变暗了，变得阴郁了，余晖落在我的身上、地板上、手上，还有那封信上。

我拆开那封信，飞快地看了一眼签名，创伤来了：不是I-330写的，不是她写来的……是O写来的。又一个创伤袭来：那张纸的右下角有个污迹，上面还有墨水，肯定是滴的什么东西……不管是污点、墨迹还是别的什么东西，我一概受不了。我知道，换作以前，看到这种污渍，我会不高兴，觉得碍眼。可现在……这个小灰点怎么像是一片乌云，正让一切变得越来越黑、越来越沉重了呢？也许这又是那个"灵魂"在作怪？

信：

您知道……也许您不知道……这信我不知道该怎么写——不过无所谓了。现在您应该知道：对我来说，没有您，天也不是天，早晨也不是早晨，春也不是春。因为在我眼中R只是……可您不在乎这个。不管怎么说，我还是很感谢他的。我不知道这些天若没有他，我一个人能做些什么。过去的这些年，我就像过了10年、20年。我的房间好像不是方的，是圆的，总在不停地旋转，连个门也找不到。

没有您，我活不下去——因为我爱您。因为我看得出来，我明白，在这个世界上除了她，您谁都不想要……您也应该明白，如果我爱您，就会……

容我两三天，我会试着做回以前的自己，以前的那个

O-90，就算变得有些像她也行——然后我会去填表，注销我对您的登记，这样您会过得更好些。我再也不会来了。再见。

O

再也不会回来了。这样当然好了。她说的是对的。可为何，为何……

笔记十九

提要：三次无限小。怒目而视。翻过护栏。

那条挂着昏黄的灯泡的奇怪的长廊里，在那里……不对，不是那里……是后来，我和她在那座古屋院子里的某个荒僻角落里……她说了句"后天"。那个"后天"就是今天，每个人都长出了翅膀，今天是飞的日子，我们的"一统号"飞船早就有了翅膀：工人们已经把引擎装好了，今天试飞。那炮声是多么崇高、响亮，对我来说，每一响都是对她、对唯一的她、对今天致敬。

当引擎完成一次完整的机械操作时（这等于一次发射），排气管下面刚好有10来个号民在打盹——这帮家伙顿时变成了一团残渣和煤烟，消失得无影无踪。我怀着无比骄傲的心情在此记下，这件小事一点都没有影响我们的工作的节奏，没有一个人因

115

此而退缩。我们和我们的工作组继续沿着直线、圆周运动，每个动作分毫不差，好像这件事根本就没发生一样。10来个号民不过是大一统国总人口的一亿分之一。在实际统计时，这10来个号民只是一个三次无限小，完全可以忽略不计。不懂科学和数学的古人才会生出怜悯之心，在我们看来这是很可笑的事。

让我觉得可笑的是，昨天我竟然浪费时间思考，甚至还写了下来，为了某个可怜巴巴的灰点，某个墨迹。这跟"表层软化"是一回事，而表层就应该像我们的墙那样硬如钻石（借用一句古老的谚语，这就像："豌豆撞墙，格格不入。"①）。

16点了。我没去参加那次额外的散步。谁能说得清呢？说不定她一时心血来潮到我这里来呢，因为此刻万物正在阳光下喧闹。

这栋大楼里几乎就只剩下了我一个人。透过阳光下的高墙，我可以看出去好远——看右边、左边、下边——一个个空荡荡的房间垂挂在空中，长得都一样，就像镜子里反射的影子。沿着淡蓝色的几乎没有受到阳光照射的楼梯，有一个憔悴的灰影子正慢慢地朝上溜。我甚至听到了脚步声，隔着门朝外看，我感觉那石膏一样的微笑已经贴到了我的脸上。然后那影子走了过去，去了另一个楼梯那里，下去了。

对讲机响了一下。我紧紧盯着那个白色的显示屏，看到了一个我从未听说过的号码（是个男的，因为名字开头有一个辅音字

---

① 在俄语中，这句谚语的意思就是说的话或者提的建议遭到了对方的拒绝。

母)。电梯嗡嗡响了一下,门哐当一声开了。我的眼前出现了一个号民,前额很大,像胡乱歪戴在头上的帽子。好奇怪的一个家伙,说话的时候声音好像是从眼睛那儿冒出来的。

"她给您写了封信。"这话是从他的额头下面、窗帘后面冒出来的,"她要您务必按照信上说的做。"

然后他还扫视了一遍我的房间。房间里的确没人——快把那信给我吧!他又扫视了一遍,这才把那封信交到我的手中,转身走了。只剩我一个人了。

不,我不是一个人。一张粉红色票据从信封里掉了出来,一起掉下来的还有隐约可闻的她的体香。是她,她要来了,她要到我这里来了。我把信快速地看了一遍,真的以为一切如我……

什么?不可能!我又读了一遍,跳着读:"票……一定要把窗帘放下来,就好像我真的跟您在一起……我想让他们以为我……对不起,真的很对不起……"

我把信撕成碎片。我在镜子里看到了我扭曲变形的一字眉。我一把抓过那张粉红色票据,也像撕信那样把它撕烂了。

"她要您务必按照信上说的做。"

我的手软弱无力,松弛下来了。撕碎的粉红色票据落在了桌子上。她比我强硬,看来我得按她说的做了。可我还是……我不知道。等等看吧。明天还早呢。粉红色票据的碎屑仍在桌子上。

我那扭曲变形的眉毛又出现在了镜子里。今天要是能让医生给我开个证明就好了,再绕着绿墙走走,一直就那么走下去,然后回来一头扎在床上,沉入睡梦的海底……可我今天必须去13号大教室,

117

我得马上让自己振作起来,才能坐完两个小时,整整两个小时就那么坐着,一动也不动……可这个时候,我真想大声尖叫,用力跺脚。

演讲。奇怪的是,那台闪光的机器发出的不是平时的那种金属般的声音,而是某种温柔、毛茸茸的、顺滑的声音。是女人的声音。我仿佛看到了这个女人:一个身材矮小、驼背的老女人,就像古屋门口的那个。

古屋……突然,过往的一切像喷泉一样从我的心底涌出,我拼命忍着,不让自己喊叫,生怕我的尖叫声把整间教室淹没。温柔、顺滑的话语。它们穿透了我的心,只在身后留下一样东西……与孩子有关的某样东西,与养孩子有关的某种东西。我就像胶片一样把这一切精确无误地记录了下来,而这种精确性好像并不是我所具有的,而是别人的,来自于我身体之外的某个地方,我记录的画面是:一束镰刀状的金色的光反射在喇叭上。喇叭下面,一个婴儿,一个活生生的道具,正伸手去够那束镰刀状的光。他嘴里塞着小制服的衣襟,拳头攥得紧紧的,小小的大拇指压在里面。毛茸茸的淡影,手腕上有一些小小的、肉乎乎的褶皱。我就像胶片一样把他记录了下来。此刻,他的一条赤裸的腿已经悬在了桌沿上,粉红色的扇形脚趾向空中踩过去,再过一会儿,再过一会儿,那孩子就会掉到地板上……

然后,一个女人发出一声尖叫。那女人穿着制服,长着一双轻盈的翅膀,飞到讲台上,一把抓住那孩子,用嘴唇蹭了蹭他那胖乎乎的褶皱,把他移到桌子中间,然后走下了讲台。我心中有了这样一个景象:两尖朝下的粉红色的新月形嘴唇,蓝色的眼睛里含着泪花。是O。我觉得自己就像在看一个精妙的公式,我突然意识到,这件事虽然微不足道,却有着它的必然性和规律性。

她在我的左侧稍稍靠后的地方找了个位子坐下了。我回头看了她一眼。她听话地把目光从讲台上放着婴儿的那张桌子上移开,朝我这边看着,注视着我的眼睛。又一次,我们三个——我,她,还有讲台上的那张桌子——变成了三个点,从这三个点引出三条直线——这就是某些必然会发生、却依然隐藏着的事件的投影。

黄昏时,我朝家走去,绿色的街上街灯已经亮了,瞧上去就像无数只大大的眼睛。我听到自己浑身在嘀嗒嘀嗒响,就像钟表一样。我的那根时针随时都会走过表盘上的某个数字,然后我将要做一些无法挽回的事。她让某个人或者别人以为她和我在一起。可我需要的是她,她的"需要"和我有什么关系。我不想做别人的窗帘。我不想这么做,就这样。

我又听到了身后那啪嗒啪嗒的脚步声,就像人在水坑中跋涉。我再也不会回头看了——我知道肯定是S。他会一直跟我到大楼入口处,然后站在楼下的人行道上,用那锐利如钻头的眼睛钻探我的房间,直到我放下窗帘盖住某个人的罪过。

他,守护天使,以为一切就这样结束了。我已经打定了主意,我受够了。我打算好了。

进屋以后,我打开灯,眼前的一幕简直让我无法相信:O正站在我的桌子旁边。或者说得更准确一些,她正挂在那里,就像一条脱下来的裙子被挂着那样。裙子里面没有了她的青春活力,

119

她的胳膊上、大腿上、消沉的声音中都没有了青春的活力。

"我……我是为我写的那封信来的。您收到了吗？真的？您得给我一个答复，我今天就要，现在就要。"

我耸耸肩。我盯着她那双含泪的蓝眼睛，觉得还挺高兴，就好像这一切都是她的错。我不紧不慢地回答她。然后得意地一字一顿地对她说："答复？您想要什么答复？您是对的。完全对。您说的一切都是对的。"

"您是说……"她想用微笑掩盖她那微微颤抖的身体，却被我看穿了。"嗯，非常好！我……我现在就走。"

她还在桌子旁边挂着，她的眼睛、脚和手都垂下来了。她那张被揉皱了的粉红色票据还在桌子上放着。我赶紧过去打开我的《我们》的手稿，把那张票藏到了里面（我其实是为了挡住我自己的视线，不是她的）。

"看，我一直在写。已经写了170页了，写着写着就成了一部多少会让人感到吃惊的……"

她说，或者说是她那声音的暗影说道："您还记得吗……第7页……我把一滴眼泪落在……然后您……"

蓝眼睛里面的泪水再也控制不住了，默默地、快速地流下她的脸颊，她急匆匆地说着："我不能，我现在就走……我再也不来了，这样最好。只是我……我想要一个您的孩子。给我个孩子我就走，我就走！"

我看到她制服下的身体抖作了一团，我感觉现在我也……我背着手微笑着说："什么？您是突然想尝尝造福主那台机器的滋味了吗？"

她的话像洪水般朝我涌来："尝尝就尝尝！能怎么样？至少我有过那种感觉，我能感觉到他就在我的身体里。哪怕只能待几天……明白吗？只要能看看他胳膊上的小褶皱，就像桌子上的那个孩子的那种。只有一天都行！"

三个点——我，她，还有桌子上那个胳膊上有小褶皱、握着小拳头的……

我记得我小的时候他们曾带我去蓄能塔上游玩。来到最高一层，我把身体依靠着玻璃护栏朝下望。下面的人们就像一个个的小黑点，我的心里顿时迸发出一种甜蜜的兴奋感："如果……"然后我把护栏抓得更紧了，而现在，我会跳下去。

"您想要的就是这个吗？您很清楚……"

她把眼睛闭上，就好像在直视太阳。那是一种湿润、闪着亮光的微笑。"是的，是的！这就是我想要的！"

我把手伸到手稿里面拿出了那张票，跑到楼下值班人员的桌子旁边。O紧紧抓住我的手，喊了一句什么，可直到我回来才弄懂她喊的是什么。

她坐在床边，双手紧紧夹在大腿中间，一句话也不说。

"怎么啦？快点吧……"说着我硬生生地抓住她的胳膊，她的手腕上，也就是有着婴儿那样胖乎乎褶皱的地方，都被我掐红了（明天就会看到伤痕）。

这是最后的情景。然后灯灭了，思想也熄灭了，黑暗袭来，火花溅起——我越过护栏跳了下去……

121

笔记二十

提要：放电。思想的材料。零度悬崖。

放电这个词最恰当了。我现在就是这样的状态，类似于放电的状态。最近这些天，我的脉搏越来越干燥，跳得越来越快，变得越来越紧张——正负两极越贴越近，就制造出了这种干裂的声音。只要再贴近一毫米就会爆炸，然后是一片寂静。

这时候我的心里安静又空虚，就像一座空的大楼，那时候每个人都走了，我孤零零地躺在床上，病怏怏的，十分清楚地听到了我的思想发出的这清脆、精确、金属般的敲击声。

也许就是这种放电最终治好了我那所谓的"灵魂"上的伤痛，让我变得又跟别人一样了。至少我现在想起O站在立方体的台阶上，站在气钟下面时，心里不再痛苦了。她若在手术局把我的名字告诉那些人——她爱告诉就告诉吧。我最后要做的就是在造福主那只实施惩罚的手上留下虔诚而感恩的一吻。凭借我和大一统国的关系,我是有接受惩罚这个权利的,这个权利我不能放弃。我们这些号民没有一个敢放弃这种权利,这是最宝贵的东西。

……我的思想发出了沉静、清脆的金属般的敲击声。一架我从未见过的飞机载着我升入我最喜欢的抽象概念的蓝色高空。在那里,在那最纯粹、最稀薄的空气中,我看到我对"有效权利"的思考就像车胎一样砰的一声爆裂了。我清楚地看到我的这种思考只不过是对古人那愚蠢可笑的迷信思想、对古人对于个人权利看法的一种重述。

有些思想是用泥做的,有些思想为了不朽是用黄金或者我们这样的贵重玻璃做的。想判断某种思想是用什么材料做的,只需在它上面滴上一滴强酸。就连古人都知道的这种酸:还原剂。他们过去好像就是这么叫的。可他们害怕这种毒剂。他们宁愿看泥做的、玩具似的天,也不愿看这蓝色的虚空。但多亏了造福主,我们都是成年人了,已不再需要什么玩具了。

假如你在对"权利"的思考上滴上一滴这种毒剂结果会怎样呢?就连古人当中年岁较大的那些人都知道权利源于权力,权利是权力的一种功能。做个实验吧,拿一个天平过来,一端放一克东西,一端放一吨东西;一端代表"我",一端代表"我们",也就是大一统国。结果怎么样,是不是就很清楚了?说"我"和大一统国拥有同等的"权利",就相当于说一克东西和一吨东西一样重。这样就造就了一种分配法则:给"吨"以权力,给

"克"以义务。而从平凡到伟大的自然之道就是，忘掉你是一克，自认为是百万分之一吨……

你们这些肥胖、红脸的金星人，还有你们这些黑乎乎的像铁匠一样的天王星人，我在蓝色的寂静中听到你们在抱怨。可你们要知道一点：一切伟大的事物都是简单的。你们还要明白一点：只有算数四则才是永远不变、不朽的。只有建立在算数四则基础之上的道德体系才是伟大的、永远不变的、不朽的。这才是至高无上的真理。这才是人们红着脸、流着臭汗、又蹬又喘气、爬了数个世纪想登上的那金字塔的顶峰。站在这顶峰之上朝下望去，我们看到了像蛆虫一样挤来挤去的我们的祖先残留在我们身上的那股野蛮劲儿。站在这顶峰之上朝下望去，非法生子的女人O、杀人犯和那个胆敢写诗讽刺大一统国的疯子之间没有任何分别。他们面临的刑罚是一样的，一律被杀掉。这正是住石屋的那个年代的人所梦想的神圣的司法审判，是被历史的天真纯朴的玫瑰色曙光照亮过的，他们的"上帝"对于亵渎神圣教会的罪行就是依照杀人罪惩处的。

你们这些天王星人，神情严肃、面色黝黑，就像古时候的西班牙人，你们够聪明，火刑就是你们发明的。你们却沉默着，我想你们和我是一道的。但你们这些红脸的金星人……我听到你们当中有人说什么酷刑、处决，想要重回那个野蛮的时代。我为你们感到遗憾，我亲爱的金星人们。你们还没学会用哲学和数学的方式思考。

人类的历史就像飞机呈螺旋形上升。飞机画出的圈子各不相同，有的是金色的，有的是血淋淋的，但每个圈子都被分成了相同的360度。从0度开始朝上走：10度，20度，200度，360度——然后重回0度。是的，我们要重回0度，是的。但我是用数学的方式思考的，有一件事在我看来非常清楚：这个0是一个完全不同的0，是一个全新的0。离开0，我们朝右飞。又从左边飞回到0。这样原来的正0就变成了负0。你们明白吗？

我把这个0视作某种沉默、巨大、狭窄、锋利如刀的悬崖。我们在凶猛、毛茸茸的黑暗中屏住呼吸，离开0度悬崖黑暗的一边。好多个世纪了，我们就像哥伦布，驾着船绕着地球一圈又一圈地转着，直到最后，万岁！致敬！每个人都到了甲板和高高的瞭望台上！我们前面是0度悬崖迄今为止不为人知的那一边，那是一块蓝色的巨石，在大一统国的极光的照耀下，放射出彩虹和太阳般的火花，散发出数百个太阳和数十亿条彩虹般的火花……

这样看的话，倘若在我们和那座0度悬崖之间仅隔着刀刃宽的距离会怎样呢？刀子是人类创造的最永久、最不朽、最天才的物品。刀子是断头机，刀子可以解决人世间的一切难题，而悖论之路就沿着刀刃朝前延伸——这是唯一一条值得用智慧和勇气走下去的路。

笔记二十一

提要：作者的责任。隆起的冰。最难能可贵的爱。

昨天她应该来，却又没有来，她托人又送来一张纸条，上面什么也没说。但我的心依然平静，十足的平静。还按她说的，放下窗帘，独自一人坐在屋里，我这样做并不是怕她。真可笑！我当然不怕她。只是放下窗帘我就有了保障，不用再去管那膏药般的微笑，躲在窗帘后面踏踏实实地写笔记——这是其中一个原因。再有一个是我害怕失去她，I-330，只有她才能解释那未知的一切（衣橱的事、暂时的死亡等）。我现在认为，即使仅仅作为这些笔记的作者，我也有责任把这一切说清楚，一般说来，人们最恨的就是对于应该说清的事却只字不提，而"有智能的人"，只有在他们的语法中完全没有了问号，只留下感叹号、逗号、句号时,才能算是真正的人。

身为作者,在责任的驱使下,我于今天16点搭乘飞机又一次去往古屋。我迎着狂风奋力向前。云层厚如灌木丛,透明的枝条不断呼啸着,抽打机身,费了好大力气飞机才冲出层层障碍。下面的城市看上去就像淡蓝色的冰块。云层突然冒了出来,黑暗的影子如闪电闪过,冰块就变成了铅灰色,开始膨胀,就像春天,你站在岸边,等着它随时爆裂,打着旋快速溜走,可是时间一分一分过去,那冰块也只是待在那里,而你自己开始膨胀,你的心开始疯狂跳动(可是……我为什么要写这一切,这些奇怪的感觉又是从何处来的?因为根本就没有什么破冰船能够冲破我们这种生活的坚壁,冲破这极其透明、永远存在的水晶玻璃)。

古屋门口没人。我围着古屋转了一圈,看到那个看门的老女人站在绿墙旁边。她把手搭在眼睛上面,挡住光,正朝天上望。墙的上空有一些黑色的鸟,就像锐角三角形,正嘎嘎叫着拼尽全力用胸脯猛撞通电的坚固围栏,被弹回来,又重新在绿墙上空徘徊。

我看到倾斜的暗影飞速划过老女人那张皱纹堆垒的脸,她偷偷地瞥了我一眼。"这里没人——没人,没人!真的没人!您来也没有用。真的没……"

她说我来也没用是什么意思?她脑袋里到底在想什么,认为我就是别人的影子?也许你才是我的影子呢。我用你填满这些空白页,这些刚才还空无一物的四方形纸张,是不是这样?若没有我,那些被我带领着、从字里行间的羊肠小道中穿过的人又怎么能看到你?

　　当然了,这些话我没跟她说。我有过这样的经历,如果你让某个人怀疑他自己是否为实体——三维实体,而不是别的实体——这对他来说将是一种痛苦的折磨。我只是冷冰冰地说她应该把门打开,她照做了,把我领到了院子里。

　　院子里空荡荡的。寂静无声。风在墙那边,离这里还很远,就像那天我和她并肩走着,就像融为一体一样,从地下长廊里走出来——如果这一切真的发生了的话。我在某些石拱门下走过,脚步声回荡在潮湿的地窖中,刚好落在我的身后,就好像有个人在紧紧跟着我。红砖垒就的墙壁上斑驳点点,早已老得发黄,它注视着我穿过黑色的四方形窗框,注视着我朝墙角、死胡同和角角落落里窥视。围栏上有一道门,门外就是一片荒原,正是两百年大战的遗迹。在那里,光秃秃的石壁从地上冒出来,残垣断壁上支棱着黄砖残土,一根直立的烟囱下面蹲着一个老式的火炉,看上去就像一艘船,在黄石和红砖的浪花中凝固成了化石。

　　我觉得这些黄砖我好像早就看到过了,却看得不清楚,就像是在深不可测的海底看到的。我开始摸索。我总是跌到洞里,我在乱石上蹒跚,肮脏的爪子总在撕扯我的制服袖子,咸咸的汗水滑过我的额头,流进我的眼里。

　　不在那里!我找不到那条长廊的地下出口了——它根本不存在。但也许这样更好。这说明我所经历的这一切只是我的一个愚蠢可笑的梦。

　　我累坏了,浑身都是土和蜘蛛网,就在我打算推门回到院中时,突然从我的身后传来一阵窸窣声和啪嗒啪嗒的沉重的脚步声,我回头一看,那个长着粉红色翅膀一样的耳朵、身体呈两道弯的S出现在我眼前。

他眯缝着眼睛死盯着我说:"您这是外出散步吗?"

我什么也没说。我的双手在打战,我说不出话来。

"您怎么样?感觉好些了吗?"

他把头抬高,不再死盯着我,我松了一口气。他把头后仰,我第一次看到了他的喉结。

头顶之上不算高的地方,大概50米吧,有飞机在嗡嗡盘旋。飞机飞得很低,上面的人在用黑色望远镜朝下面看,我看清楚了,是保卫局的人。但反常的是,平时只有两三架,这次竟来了10架或者12架(抱歉,我只是大概估算了一下)。

我鼓起勇气问:"今天怎么来了这么多?"

"怎么来了这么多?嗯……一个人可能明天、后天、一周后才会生病,但一个真正的医生现在就得开始为他治疗。这个就叫未雨绸缪。"

他点点头,弓着腰从院子的石板上走了过去。然后他又扭回头,隔着肩膀对我说:"当心!"

又是我一个人了。院子里很静。空荡荡的。绿墙上面,高高的地方,那些鸟还在猛烈冲撞。风继续吹着。他说这话是什么意思?

我驾驶着飞机顺风而行。云块投下的阴影深浅不一。下面是淡蓝色的圆形屋顶,冰冻的玻璃块正慢慢地变成铅灰色,开始膨胀……

傍晚。

我打开手稿本,想就业已临近的伟大的"一统节"写一些在我看来(对你们读者)有益的感想。我发现自己现在竟写不出来。我一直在听风用它那黑色的翅膀猛烈地拍打玻璃墙,我一直在四下张望,一直在等待。等待什么?我不知道。当那熟悉的浅褐色的鱼鳃出现在我的房间里时,说真的,我是非常高兴的。她坐了下来,害羞地整理了一下落在大腿之间的制服的褶皱,便很快地用她那疗伤的笑容覆盖住了我的整个身体,她每笑一下就能治好我的一处伤痛,我觉得很美妙,有了一种强烈的依附感。

"我今天去教室了(她在一个儿童教养厂上班),看到墙上贴着一幅漫画。哦,真的,我向您保证!他们把我画成了鱼的样子。也许我真的……"

"哦,哦,当然不是了。"我赶紧说(其实,从近处看,她的嘴长得根本就不像鱼鳃,这样来看,我写的那些关于鱼鳃的东西完全不合情理)。

"哦,从长远来说不重要。可您知道吗,最重要的是有所行动。我当然叫警卫啦。我很爱那些孩子,我想严酷是最难能可贵的一种爱,您能明白我的意思吗?"

我怎么会不明白!这跟我此时刚刚萌生出的一个想法不谋而合。我无法抑制内心的冲动,赶紧给她朗读了笔记20中的一段话,开头是这么写的:"我的思想中有一种寂静、清脆、金属般的嘀嗒嘀嗒声……"

我根本不用去看就知道她那浅褐色的脸颊在颤抖。然后她的脸离我越来越近，我感觉自己握住了她那双干硬且有些粗糙的手。

"快把它给我！快把它给我！我录下来让孩子们记熟。跟您的什么金星人相比，我们这些人更需要这个。马上给我，明天给我，后天给我！"

她朝周围看了看，然后压低声音说："您听说了吗？听人说一统日那天他们要……"

我跳起来，问："什么？他们说什么？他们打算在一统日那天干什么？"

舒适的墙壁消失了。我觉得自己被扔了出去，狂风正在外面的屋顶怒嚎，薄暮时分的倾斜的云块正越来越低地压向……

U坚定地伸出两只胳膊，紧紧搂住我的肩膀（尽管我意识到她的指骨就像音叉，随着我的激动在振动）。

"快坐下，亲爱的，别这么激动。别人什么不能说？反正那天我会始终和您在一起，当然了，如果您需要我的话。我让别人帮我照看那些孩子，我和您在一起，因为您也是个孩子，亲爱的，您需要……"

"不，不。"我摆摆手，"这绝对不行。那样您就会真的认为我还是个孩子，我照管不了自己……这绝对不行（我得承认，那天我有别的安排）！"

她笑了。这笑中没有明说的那句话就是："哦，这孩子可真固执！"然后她又坐了下来，低着头，又局促不安地用两只手摆弄落在大腿间的制服的褶皱。我们还是换个话题吧。

"我想我拿定主意了……为了您……不，我求您了，别催我，我得好好想想……"

我不催她。我知道我会幸福的，陪伴别人度过晚年，对我来说是一种莫大的荣幸……

我整天都听到翅膀拍打的声音，我四处乱走，把两只胳膊举得高高的，护着自己的头。然后我看到了一把椅子，跟我们现在的这种不同——是老式的那种，木头做的。它像马那样挪动自己的腿（先是右前腿和左后腿，再是左前腿和右后腿），然后跳到我的床上，钻进了被窝。我喜欢木椅子。虽然坐上去很不舒服，并且咯得很痛。

好奇怪。真的就想不出个办法来治好我这种做梦的病，或者至少让它变得合乎情理、甚至有益吗？

笔记二十二

提要：冰冻的波浪。一切都在完善。我是个细菌。

想象这样的情景：你站在岸边，波浪有节奏地起伏着，刚好升到最高处时突然停止，凝固不动了。这种情景极其恐怖、反常，我们也有过这样的经历，那是在一次例行散步时，我们的队伍突然乱了套，大家都停了下来。据我们的编年史记载，最近一次发生这样的事是在119年前，当时有一颗陨石尖叫着、冒着黑烟冲破天际，直接落在了正在散步的人群中。

我们正在散步，就像往常一样，也就是说，像亚述人的石碑上雕刻的那些勇士那样：一千个脑袋，却只有两条融合在一起的、统一的腿，两条摇晃得很开的统一的胳膊。大街尽头，蓄能塔发出毛骨悚然的嗡嗡声的地方，一个方队正朝我们这边走来。

方队前后左右都有警卫,中间有三个号民,制服上的号牌已经被扒掉了,这一切真是令人震撼。

塔顶上那个巨大的表盘就像一张脸,从云层中露了出来,不停喷吐着分分秒秒。它在漫不经心地等待着。然后,刚好在13点06分的时候,方队中发生了一件疯狂的事。当时我离事发现场很近,每个小细节都看到了。我清楚地记得,有一个细长的脖子,太阳穴处青筋暴起,相互交错,就像某个陌生小世界的地图上的河流,而这个小世界在我看来就像一个小伙子。他很可能注意到了我们队伍中的某个人,便踮起脚尖,伸长脖子,停了下来。一个警卫操起电鞭,用淡蓝色的火花猛击小伙子。小伙子就像小狗一样发出一声尖叫。这反倒招来了二次殴打,电鞭每隔两秒就会落在他的身上——尖叫,电击,尖叫……

我们仍像亚述人那样从容不迫地朝前走着,我看着那漂亮的Z字形火花心里想道:"人类生活中的一切永远都在自我完善……也应该自我完善。古人用的那种鞭子真是好丑陋的一种武器,而现在我们用的这种东西真的太美了……"

就在这时,一个身材柔弱的女人,就像离弦之箭,从我们的队伍中全速冲出,一边尖叫着:"够了!你们不许打人……"一边冲进了那个方队中。这和119年前发生的那一幕很像。大家都僵住了,我们的队伍就像升到最高处瞬间被冻住的波浪。

我一时也像别人一样盯着她看,就好像她是个陌生人。她已经不是号民了,她只是变成了一个人。她的存在只是为她羞辱大一统国提供了一种理论上的证据。然后她的某个动作——转身,朝左边扭屁股，我马上意识到，我认识她，我认识那个像鞭子一样充满弹性的身体，我的眼睛、我的嘴唇、我的手都认识它。当时，我对此深信不疑。

两个警卫冲过去拦下她。人行道上有一处依然如镜子般明亮，他们的轨迹随时都会相交，他们就要抓住她了。我的心突然停止了跳动，我也不管这样做应不应该了，也不管这样做蠢不蠢了，就猛地朝那处冲了过去……

我感觉有一千只眼睛在惊恐地瞪着我，但这也只是给那个从我体内蹿出的毛手毛脚的野蛮人凭白增添了孤注一掷的勇气罢了，那个野蛮人跑得更快了。再有两步就赶到了，她把身体转了过来……

我看到的是一张长满雀斑、有着红眉毛的颤抖的脸。不是她。不是I-330……

狂喜猛地涌出。我觉得自己好像在喊："快点！抓住她！"却只听到自己在小声嘟囔。然后我感觉到一只沉重的大手抓住了我的肩膀，他们抓住我了，要把我押往某个地方。我竭力向他们解释……

"等等，听我说，你们知道，我还以为她……"

可我又该如何解释我的整个存在及我在这些页中写下的我的整个的疾病呢？于是我索性什么也不说，乖乖地跟他们走了。一阵狂风袭来，一片树叶从树上安静地落下，但在下落的时候，它总想绕过、触碰到它所熟悉的每一根枝条、树干。我就是这样看着每一个沉默、像球一样的脑袋的，就是这样看着墙壁上那透明

135

的冰块、蓄能塔那高耸入云的淡蓝色的塔尖的。

就在那一刻,当一面白色的窗帘就要落下,将我和那整个美妙的世界分隔开时,我看到玻璃人行道上稍远的地方出现了一个熟悉的大脑袋,还有一双摇摆着的、像翅膀一样的粉胳膊。我听到那个单调的声音在说:

"我认为我有责任宣布号民D-503病了,绝对无法做到控制自己的感情。我确信他被一种十分自然的愤怒控制住了……"

"是的,是的!"我插嘴道,"我甚至还喊了一句'抓住她'呢!"

"您什么也没喊。"有个声音在我背后说。

"我是没喊,可我本来想……我以造福主的名义发誓,我本来想喊的。"

我马上就被那双像钻头一样的灰眼睛看透了。我不知道他是否看穿了我的心思,把我的所作所为差不多搞了个明明白白,还是他有自己的打算,想暂时放我一马,可他只是写了个纸条,递给押我的一个人。我又自由了,或者说得更准确一些,我又一次站到了那支整齐、一眼看不到头的亚述人的队伍当中。

那支方队拥着那个长着雀斑脸的女人和那个太阳穴上青筋暴起、瞧上去就像一幅地图的小伙子永远地消失在街角处。我们这头长着一百万个脑袋的怪兽继续朝前走着,每个人的心中都藏起了那种谦卑的幸福感,或许就是维系着分子、原子和吞噬细胞生命的这种感觉。在古代,我们唯一(虽然还很不完美)的祖先是了解这一点的:谦卑是一种美德,骄傲是一种罪恶;"我们"是上帝造的，我是"魔鬼"造的。

我就是这样，跟每一个人一起走着，却又和他们不同，我是孤独的。刚才的混乱让我浑身还在发抖，我就像一座桥，古代的那种钢铁列车刚刚从我的身上轧过。我感觉到了我自己。但只有那眯了睫毛的眼睛、肿胀的手指、受了感染的牙齿，才能意识到自己作为个体的存在。健康的眼睛、手指和牙齿好像并不存在。很明显，对不对？自我意识就是一种病。

也许我不再是悄无声息地游走着吞吃细菌（太阳穴上青筋暴起、有着雀斑脸的）的吞噬细胞了。也许我只是个细菌，也许这样的细菌在我们当中有几千个，却像我一样假装自己是吞噬细胞……

今天发生的这件事真的太不重要了，可是假如它只是一个开始，只是第一块陨石，随后将会有阵雨一样轰轰响着、燃烧着的石块被无穷大倾泻到我们这个玻璃造的天堂，将如何是好？

笔记二十三 | 提要：花。晶体的溶解。只要。

听人说有百年才开一次的花。那为何就不能有千年、甚至万年才开一次的花？我们直到今天都没有听说，也许只是因为今天才是那个千年一遇的"今天"。

我兴奋得难以自持，跑到楼下那张值班人员的桌子旁，就在我的眼前，快速而沉默地怒放着就是那千年才开一次的花，扶手椅在怒放、鞋子、金色的号牌、灯泡、某个人的长眉黑眼、磨损的栏杆、遗落在楼梯上的手帕、值班人员的桌子，以及桌子之上U那张长满雀斑的棕色脸颊，这所有的一切都在竞相怒放。一切都是那么稀奇、新鲜、温柔、粉红、湿润。

我递给U那张粉红色票据，她的头上，玻璃墙那边，蓝色的月亮低低地垂挂在某个无形的枝条上。我得意地指着那月亮说："那月亮……您明白吗？"

U瞟了我一眼，看了看票上的号码，我又看到了她那个熟悉的动作，她害羞的样子真迷人，她又在抚弄落入大腿间的那制服下摆的褶皱了。

"您看上去不正常，亲爱的。您看上去病了。因为不正常和病是一回事。您在毁掉自己，没人会跟您说这事的，没人会说的。"

那个"没人"指的肯定就是粉红色票据上的I-330了。亲爱的U，你真棒！你说的当然是对的。我是不敏感了，我是病了，我有了灵魂，我成了细菌。可病就不能盛开吗？花骨朵砰地打开的那一刻，它不会痛吗？他们说精子是最可怕的细菌，你相信这话吗？

我回到楼上自己的房间里。I-330懒散地躺在我的扶手椅的花萼上。我在地上坐着，胳膊搂着她的大腿，头伏在她腿间，我俩谁也不说话。周围一片寂静。我的心怦怦跳着。我是个晶体，在她——I-330的体内溶解了。我清楚地感觉到那些将我限定在空间的磨光的面在一点点融化。我在消失，在她的大腿间，在她的体内分解。我变得越来越小，与此同时又变得越来越宽、越来越大、越来越辽阔……因为她……她已不再是她自己，她变成了整个宇宙。瞬息之间，我和那把椅子就在床边快活地折腾开来，我们已成为一个整体。古屋门口那个脸上挂着神秘笑容的老女人，绿墙那边的荒野，那扇在某个地方刚刚关上的、也许很遥远

| 139

的门，这一切都在我心里头了，都在和我一起倾听我的心跳声，和我一起穿越这幸福的时光。

我想告诉她，用愚蠢、混沌、被溺死的话。我是水晶，因此那个医生才会寄居在我的身体里，那扇门才会在我的心里，我才会觉得那把椅子是那么快乐。但在这些胡话脱口的一瞬间，我却止住了，我觉得丢人，我……我突然说："I-330，亲爱的，原谅我吧……我不懂，我在胡说八道……"

"您怎么会觉得说胡话是坏事呢？如果他们也能像对待智慧那样对待人类的愚蠢言行，说不定哪天这些言行就会变得特别有意义呢。"

"是的……"（我觉得她说的是对的，这个时候她说的怎么能不对呢？）

"就说昨天我们散步时您的那些愚蠢言行吧，我还是那么爱您……还是那么爱您。"

"那你干吗要折磨我？您为什么不来？您为什么总让人送来粉红色票据？您为什么让我……"

"说不定我是在考验您啊？也许我只是想看看您会不会不听我的话？您是不是完全属于我？"

"是的，我完全属于您！"

她用双手捧起我的脸，对我说："那您说的那句'每一个诚实的号民都应有的责任'是怎么回事？那到底是什么意思？"

甜蜜、尖锐、洁白的牙齿，然后变成一个微笑。在扶手椅中盛开的花萼上，她看上去就像只蜜蜂，她采了蜜，她也有蜇人的毒刺。

是的，责任……最近那些笔记快速划过我的脑际。的确，没有一处提到我有责任干吗干吗……

我没说话，只是脸上挂着狂喜（很可能是愚蠢）的笑容。我盯着她的眼睛，一会儿盯这只，一会儿盯那只，结果在每只眼睛里面都看到了我自己。我是渺小的，微不足道的，我被关进了这小小的彩虹监狱。然后是更多的蜜蜂、嘴唇、痛苦的怒放……

我们这些号民体内都有一个无形的节拍器在小声地嘀嗒嘀嗒响，我们不用看表就能知道大概的时间，误差不会超过5分钟。但此刻我的那个节拍器不动了，我不知道过去了多长时间。我害怕了，赶紧把压在枕头底下的那个装有钟表的号牌抓在手中……

感谢造福主！我还有20分钟。但这分分秒秒……这些又粗又短、可笑的小东西……在飞跑，我还有那么多的话要对她说。一切，关于我的一切：跟她说O的那封信，她要给我生个孩子那件恐怖的事；还有我的童年，那个叫"噼里啪啦"的数学老师；我第一次参加一统节的情景，当时我哭得那么伤心，因为在那个最最重要的节日里，我竟不小心把一滴墨水弄到了制服上。

I-330抬起头，用胳膊肘支撑住自己的身体。她的嘴角那里有两道又长又尖的线，和她的眉毛组成了一个十字架。

"也许，那天……"她不说了，眉毛比刚才更黑了。她拉起我的手，用力握着："告诉我，您不会忘记我，好吗？您会永远记得我，对吗？"

"您干吗说这个？您在说什么啊，亲爱的？"

I-330什么也不说，她的目光已经越过我的身体，透过我，看向远处了。突然，我听到风在用它那巨大的翅膀猛烈地抽打着玻璃（其实风的翅膀一直在抽打玻璃，我只是此刻才听到），不知为何，我想起了飞翔在绿墙之上的那些嘎嘎叫的黑鸟。

I-330摇晃了一下脑袋，像是要把什么东西晃掉似的。然后，她的整个身体又压到了我的身上，就像飞机着陆前要把陆地轻快地抚弄一遍似的。

"对，那好吧。把丝袜递给我。赶快！"

她的那双丝袜就扔在我的桌子上，扔在摊开的笔记第193页上。匆忙中，我碰到了那堆手稿，凌乱地散落一地，我再也无法将它们按顺序摆放好了，重要的是，就算我把它们放好了也没有什么用，因为页与页之间根本就不存在什么正确的顺序，毕竟，那些危险的急流、陷阱、未知的事物始终都在。

"我不能再这么混下去了，"我说，"就说您吧，您现在就在我身旁，可我觉得您好像在我看不透的那道古墙的那一边。我隔着那道墙能听到衣服摩擦的窸窣声、人的声音，却听不清说的是什么，我不知道那墙的后面发生了什么事。我不想再这样下去了。您总在对我隐瞒什么。您从来不跟我说那次我在古屋时去了哪里，那些长廊通向何处，那个医生又是怎么来的……或者，也许这一切根本就没有发生过？"

I-330把双手放在我的肩上，缓慢而深沉地看着我的眼睛。

"您什么都想知道？"

"是啊。我必须知道。"

"您敢跟着我去任何地方，直到抵达终点，不管我要把您带往何处？"

"我愿意跟您去任何地方！"

"那好吧。我答应您，等这个假期一结束，只要……哦，对了，您的'一统号'造得怎么样了？我总忘了问您这事。快造好了吗？"

"还没有。您说'只要'是什么意思？您又要干什么？'只要'什么？"

她已经到了门口，这才说："您会明白的……"

只剩下我一个人。她只留下了关于某件事的一点点的暗示，就是这一点点的暗示让我想起了绿墙那边某种花的那甜蜜、干燥的黄色花粉。这件事和那些像鱼钩（古人用来钓鱼的那种东西，史前博物馆里有实物）一样的问题深深地刻在了我的心里。

……她为何突然问我"一统号"的事？

笔记二十四 | 提要：函数的极限值。
　　　　　　　复活节。全部划掉。

　　我就像一台突破了转速极限的机器：轴承已烧得过热，再过一会儿金属就会融化，开始滴水，一切就此宣告完蛋。从逻辑上讲，我得赶紧用冷水浇一下。我一桶一桶地往身上泼水，但逻辑一碰到滚热的轴承就发出嘶嘶声，化作一团白雾消散在空气中。

　　很明显，不考虑函数的极限值，必定无法计算出函数的真正值。同样明显的是，我昨天的那种感觉，那种"在宇宙中分解"的愚蠢感觉，若考虑其极限值，真正值就是死亡。因为死亡真的就是那么回事——个人完全分解在宇宙中。因此，若我们让L代表爱情，D代表死亡，那L=f（D），也就是爱情和死亡……

　　没错，就是这么回事，就是这么回事。因此，我才怕

I-330，才和她斗争，才不想……但下面这两者为何同时存在于我的体内：我不想和我想？整件事恐怖就恐怖在这里，我还想再来一次昨天那种快乐的死亡；极其恐怖的就是，即使是现在，逻辑函数的积分已经得到，里面很显然隐藏着死亡这个部分，可我还是想要她，我的嘴唇、我的胳膊、我的胸、我的每一毫米的皮肤都想要她……

明天就是一统节了。她当然也会去，我会见到她的，却只能远远地看着。远远地看就够我痛苦的了，因为我需要她，我难以自持地被她吸引……被吸引到她的身旁，握住她的手，搂着她的肩膀，抚弄她的头发。那种痛苦我也想要，就让它来吧。

伟大的造福主！一个人竟然想要痛苦！真可笑，谁不知道痛苦是负数，负数的相加会减损我们所谓的幸福。因此，结果……

可是……结果什么也没有。笔记本上很干净。什么也没有。

傍晚。

粉红色的余晖叫人不安，裹着风，透过大楼的玻璃墙射了进来。我挪了挪椅子，好让这粉红不要再那么固执地出现在我的跟前，我翻看着笔记。我又一次看到我忘记了这些笔记不是为我，而是为你们写的，我不认识你们，却爱你们、可怜你们，你们依然在遥远的世纪的某个地方、在地下跋涉。

还是说说一统节这个伟大的节日吧。从小时候起，我就很喜欢过这个节。我认为对我们来说，这个节就像古人过的那个"复活节"。我记得节前的那个晚上，你得先亲手制作一个以小时为单位的时间表，一个小时近了，就把这个小时抹掉，一次只能抹掉一个小时,直到把时间完全抹掉。坦白说,如果没人看见,我倒是很愿意随身带着这样的一个小时间表的,就算是现在,长大了,我也愿意这么做,把过完的时间划掉,看看离明天还有几个小时,这样我就可以看到……就算是远远地看到。

(我被打断了。他们刚刚给我送来一套新制服,是从工厂里直接送过来的。明天是重要的日子,发新制服是惯例。你能听到楼道里的脚步声,嘈杂声和快活的叫喊声。)

还是写下去吧。明天我就又要看到那重复了一年又一年的相同景象了,不过这景象每一年都会带来新的令人兴奋的事。巨大的"一统杯",人们满怀崇敬地高举着胳膊。明天是一年一度选举造福主的日子。明天我们就要又一次把我们那坚不可摧的幸福堡垒的钥匙交到造福主的手中了。

不用说,我们的选举和古时候的那种混乱、完全没有组织的选举一点也不一样,那个时候——这话叫我很难一本正经地说出口——他们甚至事先连选举结果都不知道。在一种完全无法预测、极其随意的状态下建立一个国家,世上还有比这更荒诞的事吗?可是,人们竟然耗费了数个世纪才弄明白这一点。

我觉得下面这一点就不用说了,我们在选举这件事以及在别的事上根本不容许"随意"出现,选举的结果不能有意外。说实在的,我们的选举只是象征性的,只是走个形式,做个样子,为的是提醒我们,我们是一个强有力的、由数百万个细胞组成的机体,借用《福音书》上的话,我们就是一个统一的教会。因为纵观大一统国的整个历史,就从来没有出现过哪个人胆敢破坏全民大合唱的事件。

听人说，不知为何，古人选举的时候总是偷偷摸摸的，就像做贼一样。有些历史学家甚至声称，选举那天，选民都要小心地乔装打扮一番才敢露面（我能想象得出那种阴沉的场面：在夜里，在一个城市的广场上，人们穿着黑袍子沿着高墙偷偷摸摸朝前走，火把那红色的火焰就在风中起起落落）。人们为什么要偷偷摸摸地做这件事，谁也没有给出一个完整的解释。可能是因为选举和某种神秘、超自然甚至是犯罪的仪式有关。

但我们没有什么可藏着掖着的，我们也不觉得丢脸，我们在光天化日之下公开地庆祝我们的选举。我看到每个人都把票投给了造福主，每个人都看着我把票投给了造福主。既然"每个人"和"我"组合在一起成了"我们"，怎么还会有别的情况发生呢？跟古人那种前怕狼后怕虎、像做贼一样搞"秘密事"的态度相比，我们的做派是多么令人振奋、真诚、高贵！我们的做法又是多么方便适宜。因为就算你想可能会发生什么不可能的意外事件，我是说在我们的单声部音乐中出现了什么不和谐的声音，也还有秘密警卫在场呢，他们会当机立断地阻止那些可能跑出队伍的号民，让他们下次不要再犯错，也能让大一统国免受他们的伤害。最后，还有一件事……

我透过玻璃墙朝左边看。我看到衣橱门的镜子前面有个女人正匆忙地脱着身上的制服。我飞快地瞟了她一眼，模模糊糊地看到了她的眼睛、嘴唇，还有两粒粉红色的乳头。然后窗帘就放下去了，昨天发生的一切瞬间又像洪水一样猛地将我淹没，我忘了"还有一件事"是什么了，但我现在已经不在乎了，我也不想再写了！我只想要一个人：I-330。我要她每一分钟都和我在一起，每一分、每一秒都和我在一起，只和我在一起。我写的那些关于一统节的话都是错的，没人想看这些东西，我想把它们都划掉，再撕烂、扔掉。因为我知道（这或许有些亵渎上帝，但事实就是这样）对我来说唯一的节日就是和她在一起，只要她在我身旁，和我肩并肩靠在一起。

没有了她，明天的太阳只不过是一个锡盘，天空也是锡片，只是被涂成了蓝色，而我自己……

我一把抓过电话："I-330！是您吗？"

"是我。您没意识到现在已经很晚了吗？"

"也许还不算太晚。我想让您……我想让您明天和我在一起。亲爱的……"

我很温柔地说出了这个"亲爱的"。不知为何，这让我想起了今天早晨在"一统号"飞船建造现场发生的一件事。有人想开个玩笑，就把一块表放在了一个重达百吨的铁锤下面。工人们拼尽全力摇动巨锤，呼呼生风，脸上都能感觉得到，可那么重的一个东西只是温柔地刚好落在了那块小小的表上面。

电话里没人回应。我好像听到有人在她屋里说话。然后就听她对我说："不，不行。听着，您知道我想……可是不行，我不能。别问为什么。您明天就知道了。"

夜。

笔记二十五

提要：从天而降。世上最大的灾难。已知的一切都结束了。

庆典开始前，当每个人都站着，庄严肃穆的国歌掀起的声浪在我们头上飘荡时（音乐工厂的数百只管乐器一齐上阵，再加上数百万人演唱的声音），我一时间忘掉了一切。我忘了I-330昨天对我说的那些关于选举的烦心事，我甚至把她也忘了。我又一次变成了当初的那个小孩子，在多年前的那个选举日，我突然号啕大哭，因为我在我的制服上发现了一个小黑点，而这个小黑点别人都看不到，只有我一个人能看到。也许我周围的这些人现在都看不到我身上那无法除掉的污点，可我自己知道，我知道像我这样的罪人是无权置身于这些单纯无害的脸的海洋中的。哦，要是我此刻能站出来，然后——就算被噎死也情愿——大声喊出关于我的真实的一切该有多好！那样我的整个生命就算是结束了，可这又能怎样！我不怕！至少有那么一瞬间，我感觉自己是干净的，我感觉自己脑袋里的全部意念都被冲掉了，我又变成了那洁净的蓝天。

所有的眼睛都抬起来了，一起望着依然带着夜露的清晨的纯蓝色天空，每个人都望着一个隐约可见的小点，那个小点有时变成黑色，有时又被阳光遮盖住。是他。他乘着飞机从天而降，就快到我们中间了，他就是耶和华，像古代的耶和华一样智慧、全能。他越来越近，每一分钟都在临近，数百万颗心飞得越来越高，欢迎他的到来，他终于看到我们了。此刻我心里想的是，我正和他一起身处高处俯视下面：一排排淡蓝色小点勾勒出一圈圈同心圆座位的轮廓，就像蜘蛛网上那一圈圈的线被撒上了无数个微小的太阳（也可以说是我们那闪光的号牌），这个蜘蛛网的正中心有一只白蜘蛛，就要飞下来了，造福主，穿着一袭白衣，就要用他那赐予我们福祉的大网将我们的手和脚紧紧地绑缚在他的智慧中了。

但现在尊贵的他已经完成了从天而降的整个过程，铜管演奏的国歌声戛然而止，每个人都已经坐下了——我瞬间就明白了：这现实中的一切就是一个巨大而精密的蜘蛛网，延伸到了极限，正在颤抖，随时都会断裂，就会有意想不到的事件发生……

我慢慢地从椅子上站起来朝四下张望。我的目光和很多人的目光相遇，那些目光中夹杂着爱意和恐惧从这张脸移到那张脸上。只有一个人把手举了起来，用手指间的一个非常细微的动作朝着某个人做了个手势。对方也给了他一个同样的手势。另外一个……我现在懂了：那些人都是警卫。我知道有些事让他们忧心了。蜘蛛网在拉扯，在颤抖。我的心在附和性地颤抖，就像收音机接收到了同一个信号。

看台上，有个诗人正在朗诵选举前的颂诗，但他说的我一个字也听不到，只能看到六韵步诗行的摆锤在不紧不慢地前后摆动，每摆动一次就离那个致命性的时刻近了一些。我依然心急如焚地找寻着队伍当中那一张张的脸，就好像它们都是书页似的，虽然我还是看不到我要找的那个人，但我必须尽快地找到那个人，因为钟摆再响一次就……

是他！当然是他了。下面，看台那边，有一双粉红色翅膀一样的耳朵从闪光的玻璃上闪过去了。反射在玻璃上的那个黑影有两道弯，瞧上去就像字母S，正匆忙地穿梭在迷宫般的过道中。

S，I-330之间有某条线连着（他们当中有某条线，什么样的线我不知道，但总有一天我会把它解开的）。我紧盯着他。他就像一个滚动的毛线球，屁股后面拖着一条线。现在他停下来了，现在……

我被射穿了，蜷缩成一个结，好像被高伏闪电击中了一样。S在我们这排座位中停了下来，在偏离我仅仅40度角的地方弯下了腰。我看到了I-330，她身旁坐着的就是那个令我恶心、长着厚嘴唇的R-13。

我的第一个想法是冲到她的身旁冲她吼："您今天为什么跟

151

他们在一起？您为什么不要我……"但某个我看不到的幸运的蜘蛛网将我的手和脚都紧紧地包裹住了。我紧咬牙关，像铁塔一样坐在那里，死盯着他们。我仿佛现在仍能感觉到我心中的那种刺痛。我记得我曾这样想："很显然，非肉体的刺激能使肉体产生刺痛的反应……"

不幸的是，我没有得出最后的结论：我只记得我曾想过关于"灵魂"的一些事，还有那则没有任何意义的古老格言也滑过我的脑际："他的心沉到了他的靴子里。"①六韵步诗读完了，我呆若木鸡。现在就要开始了……但开始什么？

依照惯例，选举前有5分钟的休息时间。依照惯例，选举前每个人都应该安安静静的。但今天和平时不同，沉默中不再有虔诚、尊敬的意味，倒有点古代的迹象，那个时候，人们对我们的蓄能塔一无所知，狂暴的天空偶尔发怒时会降下"暴风雨"。这就是古人所说的暴风雨前的平静。

空气就像透明的铸铁，让人觉得必须把嘴张大才能呼吸。让人感到刺痛的灵敏听觉，记录下身后某个地方令人不安的私语声，就像老鼠的啃噬声。我始终没有抬起我的眼睛，却依然能看到那两个人——I-330和R——肩并肩坐在一起，我那双怪异、毛茸茸、充满仇恨的手在我的膝盖上颤抖。

每个人都把装有表的号牌抓在手中。1分钟，2分钟，3分钟，5分钟……从看台上传来一个缓慢、铸铁般的声音。

---

① 直译为此意，意译为"魂不附体"。

"请举起你们的手,请投'支持票'的人举起你们的手。"

我若能像平时那样盯着他的眼睛,肯定会坦率而忠诚地喊道:"我在这儿呢。我整个都在这儿呢。抓我吧!"但现在我不能这样。我感觉我的四肢变得迟钝了,我费了一些劲才把手举起来。

数百万只手臂哗哗作响。我听到了一声沉闷的呻吟:"哦!"我觉得有事情发生了,有个什么东西头朝下掉了下来,但我不知道那是什么,我也没有力气或勇气朝那边看⋯⋯

"有反对的吗?"

这是整个庆典中最庄严的一个时刻,每个人都安静地坐着,欣喜地低垂着各自的头,臣服于"号民中的号民"那赐福的枷锁。但就在这一刻,我听到了一个声音,极其细微,就像人的叹息。但在我听来,它比铜管演奏出的庄严国歌声更清晰。就像一个人在生命的最后时刻发出的那一声叹息,几乎听不到,但这个声音周围的那些人的脸马上变得苍白了,冷汗开始顺着他们的额头往下流。

我抬起眼睛,然后⋯⋯

这一切就发生在百分之一秒内,瞬息之间。我看到一千只手冒了出来——"反对的手"——然后又都落下了。我看到了I-330那张苍白的脸和她眉头的那个十字架,她举起了手。我的眼前一片黑暗。

又是一个瞬息之间,一个停顿,一阵沉默,一阵心跳。然后——就好像某个疯狂的领导给了暗示似的——观众席中响起一阵短暂的轰鸣,号民们在叫喊,在四散奔跑,他们的制服在飞舞,警卫们也在狂奔,某个人的鞋跟刚好飞到了我面前,紧贴鞋跟的是某个人的一张宽脸,他的嘴咧开着,在无声地尖叫。这一幕深深地刻在了我的心中——数千张沉默的嘴,在尖叫,就像某个怪物突然出现在大屏幕上。

接着映入我眼帘的,就发生在屏幕下面某个远远的地方,正是O那苍白的嘴唇。她被紧紧地挤在一面墙上,双手交叉放在肚子上,想保护肚子里的孩子。然后她消失了,彻底不见了,要么就是我把她忘记了,因为……

接下来这一幕不是屏幕上演的,是在我体内、在我那颗被挤压的心中、在我那怦怦响的太阳穴里上演的。R-13突然蹿到我左上方的一条长凳上,脸色通红,疯狂地吐着唾沫。他一把将I-330抱在怀里。她面色苍白,制服从肩膀到胸脯都被扯开了,洁白的肌肤上流着鲜血。她用胳膊搂着他的脖子,他快速地在长凳之间跳跃,动作灵活,就像一头令人讨厌的大猩猩,抱着她不停朝高处跑。

一切都变红了,就像古时候的一团火。我做不了别的,只能跳跃着跟上他们。直到今天我还搞不太明白当时我的力气是从哪里来的,但我就像一只攻城用的大槌子,在人群中狂暴地冲撞着,我践踏着别人的肩膀,蹿上了长凳,等我离得足够近了,就一把揪住了R的领子。

"哦,您不能这么干!"我吼道,"哦,不,您不能这么干!快把她……"幸好没人听到我的吼声,大家都在各自逃命,在叫喊着。

"是谁？干吗？怎么了？"R转过身来，嘴唇湿乎乎的、颤抖着。他还以为是哪个警卫把他抓住了呢。

"怎么了？我告诉您怎么了！我再也受不了了。马上把她给我放下！"

可他只是生气地吧嗒吧嗒嘴，晃了晃脑袋，又开始跑。就在这个时候——真是羞死了人，我都不敢写，可我必须写。我觉得我必须写，这样你们，我的陌生的读者们，就有可能会对我的整个病史有一个了解——就在这个时候，我冲着他的脑袋狠狠地揍了一拳。明白吗？我打了他！这件事我可记得非常清楚。我还记得一些别的事，就是揍他的这一拳，让某种像是"解放"的东西，某种光亮，透过了我的整个身体。

I-330从他的胳膊里滑了下来。

"快跑！"她冲着R大声叫道，"您知道的，他是……他是……快跑，R，快跑！"

R露出了他那雪白的牙齿，唾沫四溅地冲着我说了几句话，便一溜烟朝下跑去，不见了踪影。我抱起I-330，把她搂得紧紧的，把她带走了。

我觉得我的心变大了。我的心在怦怦跳，每跳一下都会有一股热烈、狂野的波浪贯穿我全身。就是有些东西破碎了又有什么关系，谁在乎呢？只要我能这样抱着她就行，抱着她，永远这样抱着她……

晚上。22点。

我的手几乎拿不住笔了，今天上午经历的这些使我头晕目眩的事，任何语言也无法描述我有多累。我们的拯救者、大一统国的那堵古老的绿墙不可能就这样倒塌了吧？我简直不敢相信，从此以后我们就没有家了，就像我们的祖先那样，只能生活在所谓的自由的狂野状态中了。我们的造福主呢？哦，不可能的。"有谁反对吗？"——一统日那天他的确是这么说的——"有谁反对吗？"我觉得丢人、疼痛又恐惧，他们应该也有这种感觉。可话说回来，那些人都是谁？我又是谁？"他们"……"我们"……我怎么知道？

她当时就坐在那个被太阳晒得很烫的长凳上，就在最高的一排位子上，我就是从那里把她抱起来的。她的右胳膊，还有底下那个奇妙、不可估量的曲线部分，都是光溜溜的，上面有一道细细的弯曲的血痕。她假装没看到那血，或者假装没看到自己的胸部露了出来。再或者是，她什么都看到了，却就想这样，她的制服若是系着扣子的，她也会把扣子解开，她……

"明天……"她紧咬着她那闪光、尖利的白牙想说些什么，"明天……什么？没人知道的。您明白吗？我不知道，别人也不知道。没人知道的。您知道的，一切就要结束了，已知的一切就要结束了。现在一切都是新的了，都是从未见过或者想象过的。"

我们下面那些人在疯狂地四散奔逃、在尖叫。但这一切离我都很遥远，而且当她看着我、慢慢地把我拽进她眼睛里那狭窄的金色窗户时，这一切离我就更远了。这种状态在悄无声息中持续了很久。然后不知为何，我想到了我曾经透过绿墙看到的某个人的深不可测的黄眼睛，而那个时候，那些黑鸟正在绿墙上空打旋（也许这是另外一次发生的事？）

"听着，如果明天不出什么意外，我就把您带到那里去。您知道我的意思吗？"

不，我不知道。但我还是慢慢地点了点头。我被分解了，我变得无限渺小，我成了一个点……

毕竟这个点的状态也是有它自己的逻辑的（现代逻辑）：一个点包含着最多的未知。它只需动一下，稍微动一下，就能变为数千条不同的曲线、数百种几何体。

我一点也不想动，我怕。我会变成什么？我觉得每个人都像我，他们也怕哪怕是最细微的变动。就拿现在来说吧，我正在写这些东西。每个人都坐在自己那个封闭的玻璃笼子里等待着什么。大厅里，这个时候是听不到电梯的声音的，没人笑，也听不到脚步声。有时我会看到一对情侣踮着脚尖走到下面的大厅里，不时隔着肩膀朝后面望望，还小声说着什么……

明天会发生什么事？明天我会变成什么？

笔记二十六

提要：世界依然存在。疹子。四十度。

清晨。隔着天花板望过去，这个清晨跟平时没什么两样，还是那么强壮、圆润、满面红光。我突然想到，我若在头顶上看到某个四方形的怪异太阳，人们穿着各种颜色的兽皮衣服，居住在肉眼看不穿的石屋之中，我反倒没这么吃惊了。那这到底是什么意思？这个世界，"我们的世界"，还必须存在吗？或者这只是一种惯性？发电机还连着电源，齿轮还在嗡嗡转，还要再转2圈、3圈，转到第4圈时才会停下来。

你懂这种奇怪的状态吗？半夜里醒来，睁开眼睛看着这黑暗，突然感觉到自己迷失了方向，你开始拼尽全力上下摸索，想找个熟悉、实在的东西，墙、台灯或者椅子什么的。我现在就在

这样摸索着,在《国家报》中拼尽全力快速摸索着。下面就是我找到的东西:

"每个人都在等待那一天,等了好久,那一天就是一统日,昨天就是一统日。恭喜我们的造福主第48次再度全票当选,我们的造福主数次用证据证明了他具有永久不变的智慧。庄严的典礼被一个小小的骚乱给玷污了,这事就是'幸福'的敌人干的,他们这么干自然就丧失了成为大一统国幸福基业上的一块砖的权利,他们以前这么干过,昨天又这么干了。每个人的心里都很清楚,若把他们的选票计算在内,就跟把某个碰巧坐在观众席上的病人的咳嗽声纳入一部伟大、英勇的交响乐一样荒唐可笑……"

哦,多么明智!虽然发生了一些令人不愉快的事,但是否就意味着我们完全得救了呢?对于这种清澈如水晶的三段论式逻辑推理,还能有异议吗?

"今天中午12点将召开行政局、义务局和保卫局三方联席会议。一些重大的国家法令将于接下来的几天内逐一颁布。"

没事,那堵墙还站在那里呢,都还在呢,我能感觉到它。我已经没有了刚才的那种迷失的感觉,我不知道我现在身处何地,我只是流浪到了某个地方,看到蓝色的天空和圆圆的太阳,我一点也不觉得奇怪了。每个人都像往常一样匆匆走在上班的路上。

我大步走在街上,走得特别坚定、果敢,好像每个人都跟我一样。但来到十字路口,在街角拐弯时,我看到他们怪异的举止,都在绕开一栋大楼的楼角,就好像墙里面有根水管破了,冷水喷洒在人行道上,使得人们无法直接通行。

我又朝前走了5步还是10步，也被管子里喷出的水淋湿了衣裳，还把我冲得跌了一跤。我在墙上面，大约两米高的地方，看到了一张四方形的纸，纸上用有毒的绿色墨水写着两个不太能认出来的字：

　　　　靡菲[①]

　　这张纸下面站着一个人，那个人的背像字母S那样弯着，脑袋两边还有一对透明、像翅膀一样的耳朵，不知是因为愤怒还是兴奋，在不停地忽闪着。这个家伙正要跳起来，右胳膊伸开，左胳膊像一条断翼一样在身后背着，想把那张纸扯掉，却没有做到——就差那么一点。

　　从底下经过的人很可能都在这样想："如果我走到他旁边帮他扯掉纸，这么多人就我一个人过去，他会不会觉得我是做错了什么事，因此我才……"

　　我不想否认当时我的心里也是这么想的，但我始终记得他是我的守护天使，多少次都是他把我给救了。因此，我勇敢地走过去，一伸手就把那张纸撕下来了。

　　S转过身来，他那双钻头一样的眼睛马上就钻到了我的心底，而且好像在那里捡起了什么东西。然后他挑高左边的眉头，冲着刚才吊着"靡菲"那两个字的墙面上做了个手势。让我深感吃惊的是，我觉得我看到了他那笑容的末端，他的笑容中分明有着几分快活。可是话说回来，这又有什么好吃惊的？医生宁愿看

[①] 神话中的魔鬼形象。

到病人出疹子、体温急剧升高到40摄氏度,也不愿看到病人的体温慢慢升高,至少他能马上知道病人得的是什么病。今天张贴于各处墙壁的"靡菲"就是疹子。我知道他为什么笑了……①

我直接去坐地铁,我的脚下,光洁无瑕的玻璃台阶上也有一张白纸,上面也写着"靡菲"这两个字。看来这种不祥的白疹子各处都出现了:墙上、长椅上、车里的后视镜上(显然都是在匆忙中贴上去的,因为你能看出贴得都很粗心、七扭八歪的)。

车轮的嗡嗡声在寂静的衬托下更清晰了,这声音就像热血在流动。有人觉得被什么东西碰了一下肩膀,他打了个冷战,赶紧把手里的纸扔掉了。我左边的那个人在反复读着纸上的那两个字,你可以看到他手里的那张纸在轻微地抖动。我能感觉到,在车轮里、人的手中、报纸上、眼睫毛里,各个地方的脉搏都在加快,说不定今天,当我和I-330到达那里时,体温计里的那条黑线就会指向39摄氏度、40摄氏度、41摄氏度。

"一统号"建造现场依然如往日般安静,嗡嗡声四起,就好像有个远得让你看不到的螺旋桨一直在旋转。车床皱着眉头立在周围,一句话也不说。你只能听到,刚好能听到,起重机在踮着脚尖四处滑动,弯着腰,用爪子抓起淡蓝色的冰冻空气块,装到"一统号"的侧仓里。我们已经在准备对飞船进行试飞。

"您怎么看———一周能装完吗?"

---

① 我必须承认,直到多天以后我才明白他为什么笑,那几天充满了各种离奇、令人震惊的事件。

我在和二号建造师说话。他那张瓷盘子一样的脸上平时都盛开着甜美娇柔的蓝色、粉色的小花（那是他的眼睛和嘴唇），但今天不同，他的模样黯淡了许多，整个人看上去也很没精神。我们大声数数的时候，在念到一个数时我突然停住了，张着大嘴一动不动地站在那里：就在圆顶下面，在起重机刚刚拽起来的一个冰冻的蓝色的空气块上，刚好可以看到贴着的一张四方形的白纸。有个什么东西吓了我一跳——也许是笑声——是的，我听到自己在大笑（你也有过这样的时候吗，听到自己在大笑？）。

"不，听着，"我说，"想想看。您正在一架古老的飞机上，测高仪显示5 000米，飞机的一个机翼不见了，您像一只翻头鸽那样下沉，下沉的路上，您在脑子里过了一遍明天要做的事：中午到下午两点……两点到六点……六点吃饭……这一切岂不可笑？可我们现在就在做着这样的事！"

蓝色的小花抖动了一下，它们瞪大了眼睛。我若是玻璃做的，能看到三四个小时以后发生的事，就会……

笔记二十七

提要：没内容——写不了提要。

　　我一个人站在一眼看不到头的长廊里，就是我以前走过的那条长廊。沉默的水泥天空。某个地方有水正滴在石头上。还是那扇门，那扇不透明、沉重的门，门后面传来的还是一样的沉闷的嗡嗡声。

　　她说她16点来看我，我等着，16点05分，16点10分，16点15分，时间一点点过去了……却没有人来。

　　我一时觉得自己又变成了以前的那个我，害怕门开。再等5分钟，她若还不来的话……

　　某个地方有水正滴在石头上。没人来。我感到了一种黯然的快慰：我得救了。我顺着长廊慢慢往回走。那条颤抖着的小灯泡变得越来越暗……

突然,我听到身后的门砰的一声开了,急促的脚步声带着回响从天花板上、墙上传来,她飞奔而来,跑得稍稍有点上气不接下气,呼呼直喘。

"我知道您来了,您来了!我知道。哦,您……您……"

她那如刀的睫毛分开了,我飞了进去……然后……我该如何用语言描述这愚蠢又奇妙的古代接吻仪式?该用什么样的方程式才能表达这种疾风暴雨式的、将我灵魂内的一切全部掏空、而她的灵魂却完好无损的行为?是的,是的,我说的是灵魂。你若想笑,就笑吧。

她费力地抬起她的眼睑,努力而缓慢地说:"不,够了……以后再说。现在我们走吧。"

门开了。破旧的台阶。刺耳的喧闹声,风的呼啸声,光……

过了差不多24个小时,我的心才稍稍平稳了些,却依然极难描述发生的这一切,哪怕是描述一个大概也极难做到。那种感觉就好像有人在我的脑袋里引爆了一枚炸弹,周围堆积着的一切被炸了个乱七八糟,嘴张着,有人在尖叫,翅膀、树叶、话语、石头……乱飞。

我记得我想到的第一件事就是"快,赶紧出去,赶紧回去!"因为我看到就在我在长廊等着的时候,他们已经把绿墙炸掉或者毁掉了,一直被我们的城市挡在外面的那个地下世界此刻正疯了似的涌过来。

我可能对I-330说了类似于下面的话,因为她听了以后笑了:"当然不是!我们只是到了墙的另外一边!"

然后我睁开了眼睛……发现自己与所有活着的号民迄今为止从未见过的景象在光天化日之下相遇了,只是那些景象缩小到了原来的千分之一,在阴霾的玻璃绿墙的掩盖下,显得越发虚弱、黯淡。

太阳……均匀地把阳光洒在如镜子一般的人行道上,但不是我们的那个太阳。这个太阳由很尖锐的碎片组成,射出的光极其强烈,不时摇曳的光点令人炫目,使人的脑袋生疼。树像直插苍穹的蜡烛,像长着弯腿蹲在地上的蜘蛛,又像悄无声息的绿色喷泉……这所有的一切都是四条腿的,都在四处爬动,不时转个弯,发出嗡嗡的叫声,在我的脚下,有个毛茸茸的线团一样的东西在溜走,我……我被钉在了光点上,一步也动不了……因为你知道吗,我并非站在平面上,并非平面,而是某种让人恶心、软软的东西,这东西柔性很好,很活跃,浑身绿色,像弹簧一样那么有弹性。

这一切快把我的耳朵搞聋了,我也快窒息了——"窒息"这个词用在这里再恰当不过。我就站在那里,两只手抓住一根摇摆着的大树枝,身体悬空着。

"别担心!别担心!这才刚开始。一切都会过去的。坚持住!"

I-330身旁,紧挨着这个令人眩晕、不停跳跃的绿网的是某个人的侧影,那影子非常瘦,就像从纸上剪下来的……不,不是某个人的——我认识他。我记得他——是那个医生……不,不,我现在知道了。我看到他们两个抓起我的胳膊,正把我朝外面拖,他们在大笑,我的两条腿扭曲着。鸦叫声、苔藓、草丛、尖叫声、树枝、树干、翅膀、树叶、风的呼啸声混杂在一起。

此时……树纷纷让路,我看到一片闪亮的空地,在空地中,有人……我看不太清,也许更像是动物。

此时,最难叙述的部分到来了。因为这一切打破了你的所有认知。我现在明白I-330为何偏要对我有所隐瞒:反正我是不会信的——就算是她亲口说的我也不信。也许明天我自己也不会信,甚至我写的这些笔记也不会信。

在那块空地中,在一颗像是人的头骨的光秃秃的石头周围,有一群……人,就说是"人"吧,因为我找不到别的合适的词描述,约有三四百,正在瞎折腾。就像看台上有一群人,你总会先看到你认识的那些,而我,首先辨认出的是我们的那种制服。又过了一会儿,我看到,在制服中间,我清楚地看到了各种肤色的人:黑人、红人、褐人、枣红人、黑白人,还有白人……或者他们看上去像人。他们谁也没穿衣服,身上长着又亮又短的毛发,就像史前博物馆中马的标本身上的毛。可女人们的脸就像……没错,和我们现在的女人的脸一模一样:温柔、粉红、光洁,乳房上也没有毛发——丰满而结实,具有优美的几何图形。至于那些男人,脸上只有一个部分没有毛发,就像我们的祖先。

这一切简直令我难以置信,我以前听都没听说过,我只是呆呆地站在那里看着。我说的是实话,当时我只是呆呆地站在那里看着。这就像一架天平，你在一边放了过重的东西，然后任凭你放再多的东西，那指针都不会摆动一下……

我突然发现只有我一个人了。我的身旁已没有了I-330，我不知道她是怎么消失的，她去了哪里。我的周围只有那些毛发如阳光下的丝绸一样闪亮的野蛮人。我抓住一个火热、强壮、黝黑的肩膀："喂，看在造福主的分上，您没看到她去哪儿了吗？她刚才还在这儿呢……"

一双浓密的直眉转向了我："嘘……嘘……嘘！别说话！"他们朝空地中心、那块看上去像是人的头骨的黄石头所在的地方猛地挥手。

我看到她了，高高的，在头顶之上，在每个人的头顶之上。太阳从她的身后直射进我的眼睛，这样就使她的身影变得格外清晰，在蓝色天幕的映衬下就像炭一样黑，简直就是一幅以蓝色作为背景的炭黑侧影人像。再高一点的地方，云朵在飞速流动，但那块石头、石头上的她、她身后的人群以及那块空地，这一切就像一条船，在悄悄地溜走，我们脚下那轻柔的大地也在溜走……

"弟兄们！"她在喊，"弟兄们！各位都知道，在那边，在那道城墙那边，他们正在建造'一统号'飞船。各位都知道，我们砸烂这堵墙、砸烂所有的墙的日子已经到来，墙砸烂了，绿风才能吹遍整个大地，从这头一直吹到那头。但'一统号'要载着这些墙升空，升到另外数千颗星球那去，就在今晚，这些星球散发出的光将会穿过黑色树叶的间隙，发出沙沙的谈话声……"

人群像波浪、泡沫、狂风一样涌向那块石头："打倒'一统号'！打倒'一统号'！"

"不，弟兄们！我们不要打倒它。'一统号'必须是我们的。在它初次升空的那天，我们将会坐上去。因为'一统号'的建造者就在我们中间。他把墙抛到了一边，来找我了。他就在你们中间。建造者万岁！"

我瞬间也到了空中，在我身下是头的海洋，一张张嘴张着，人们在尖叫，手忽高忽低地动着。这一幕极其奇怪、令人兴奋：我感觉自己在每个人之上；我自己，某个独立的个体，就是一个世界；我以前一直是众人中的一个部分，现在我不是这样了，我成了一个独立的个体。

然后我就下来了，刚好落在那块石头旁边，我的身体疲惫又兴奋，就像刚亲热了一番。阳光明媚，高处的人们在大声欢呼。1-330在微笑着。有个金发女人，浑身都是金的，如缎子般光滑，散发出青草的气味。她手里拿着一只杯子，显然是一只木头做的杯子。她先用红唇喝了一口什么东西，然后把杯子递给我，我闭上双眼喝着那东西，贪婪地喝着，想熄灭心中的烈火，我喝着那甜蜜、刺激、冰爽可口的火花一般的东西。

喝完后，我浑身的血液以及我的整个世界就开始以千倍的速度旋转，轻盈的地球也像一位姑娘那样旋转。在我看来，一切都是那么自然、简单、清晰。

现在我看到了石头上刻着的那两个熟悉的字："靡菲。"不知为何，我觉得这两个字就该在那里——它们才是将每个人紧紧地绑缚在一起的那条结实又简单的线。我还看到一幅画得很粗糙的画

（可能也在那块石头上），是一个长着翅膀的小伙子，有着透明的身体，心脏所在部位是一颗烧得火热的红炭。我觉得我也明白了这颗炭的意义，或者说得更确切些，我感觉到了它，就像我感觉到了每一个字（她此刻正站在那块石头上说话）却并未真正听到一样；我还感觉到大家在一同呼吸，那也是每个人的命运：一同飞向某个地方，就像那次我看到的那些飞跃绿墙的黑鸟……

后面浓密的人体丛林中，有人大喊了一声："可这一切简直太疯狂了！"

我觉得是我——是的，我觉得那是我自己的声音——我觉得我跳在了那块石头上，我站在那里看着太阳、无数人头和一把映衬在蓝天之下的尖齿锯，我在高喊：

"是的，是的，就是这么回事！每个人都应该发疯，每个人都必须疯狂起来，要尽快！这很重要！我知道这很重要！"

I-330就在我的身旁。她的笑是两条从嘴角延伸出去的黑线，向上弯曲成了一个角度，这微笑像一个煤块沉到我的心里，这一刻我感觉到了舒适，几乎没有痛苦，还很美妙……

此后，留给我的是一些散落的尖尖的碎片。

一只低飞的黑鸟，飞得很慢。我看得出它是活生生的，就像我。它就像人一样左右摇晃着脑袋，用它那黑色的圆眼睛刺穿了我的心底。

还有，它背上的毛闪闪发光，就像古老的象牙。它的背上有只黑色的大虫子，那虫子长着一对透明的细小翅膀正在爬动——它的背猛地抖了一下想把虫子抖掉，又抖了一下……

还有，树叶投下阴影——平行线交叉表现出的阴影。人们躺在这阴影中，吃着一种像是古人常吃的食物：一个长长的黄色水果，外加一个黑色的东西。一个女人把这东西放在我的手中，我感觉很可笑，不知道吃还是不吃。

然后是人群、脑袋、大腿、胳膊、嘴巴。人的脸瞬间抬起，然后就消失了，就像肥皂泡破了一样。我一时看到，或者我觉得我看到，那双像翅膀一样的透明耳朵飞过去了。

我拼命抓住I-330的手。她扭过头来看着我说："怎么了？"

"他在这里……我想我……"

"谁？"

"S……就刚才，在人群中……"

细细的炭黑眉毛挑到了太阳穴那里。是那个锐角三角形的笑容。我不知道她为什么笑。她怎么能笑？

"您不懂，I-330。您不懂，若是他或者他们当中别的人在场会意味着什么。"

"您真好笑！您真的以为高墙后面的人会想到我们在这里吗？您自己好好想想吧！您觉得这事有可能是真的吗？他们正在那边找我们！让他们找吧！您这是在做梦。"

她给了我一个从容、快活的微笑。大地也兴奋、快活、轻盈地滑行……

笔记二十八
提要: 两个女人。熵和能。
人体的不透明部位。

考虑一下这种情况。假如你的世界就像我们祖先的世界，然后请想象，在很久以前你驾船航行在海上，不慎撞上了地球的第6或者第7个部分，也就是类似于亚特兰蒂斯的部分。在那里，你发现了从未听说过的像迷宫一样的城市群，人们根本不用借助翅膀或飞机就能在空中翱翔，比如说石头，你只要看它一眼它就能自己升起来——换句话说，就算你得了"做梦"的病，那里所发生的奇妙的事你也想象不到。这就是我昨天的感觉。因为，你们知道吗，从两百年大战至今，没有一个人曾到过高墙的那一边——这事我在前面已经跟你们说过了。

我知道，我的陌生的朋友们，面对你们我的责任是什么。

那就是把昨天我看到的那个奇怪、出乎意料的世界详细地说给你们听。但此时此刻我还不想说这个。新的事情接连不断地快速发生，事件如倾盆大雨一样落下来，我把自己一分为二都无法接住它们。一桶桶的水落在我的身旁，我想接也接不住，结果只在手稿上泼溅了这些水滴……

刚开始我听到门外有人在高喊。我听得出来是她的声音，温柔、清脆，另一个，几乎可以称得上生硬，就像一把木尺子发出来的正是U的声音，门哐当一声被推开了，两个人射进了我的房间。真的，这两个人像子弹一样被射进了我的房间。

I-330把一只手放在我的扶手椅的椅背上，目光隔着右肩膀看着另外一个女人冷笑。我可不想别人这样笑着看我。

"听着，"I-330对我说，"这个女人好像下了死决心，像保护孩子一样把您保护起来，不让我夺走。她这么干经过您同意了吗？"

然后是另外一个女人在说话，她的鱼鳃颤抖着："您说得没错。他就是个孩子。没错！因此他才看不穿您的鬼把戏，您想把他……把他……拖入这场闹剧。没错！我有责任……"

我在镜子里瞥了一眼，看到了我那颓废、跳动的眉毛。我猛地起身（我握紧毛茸茸的拳头想把体内的另外一个我掐死，我的力气刚好能办成这事），把从牙缝中挤出来的几乎话都喷在了她的脸上、她的鱼鳃上："滚出去！现在就滚蛋！滚蛋！"

鱼鳃泄了气，变成砖红色，然后软了下去又变灰了。她张着嘴想说点什么，却什么也没说出来，她把嘴紧紧闭上，走了。

我冲到I-330身旁:"我永远无法原谅……我永远无法原谅自己这么干!她竟敢……对您?可您肯定不会认为我想……她……这一切只是因为她想登记在我的名下,而我……"

"幸好现在一切都晚了,她登记不到您的名下了。像她这样的女人还有几千个,可我一点都不担心。我知道您相信我,就相信我一个,那几千个您都不信。昨天您遇到了那么多的怪事,从此以后,您什么时候需要我,我就会马上出现在您的身旁。我现在是您的了。您随时都能……"

"随时……什么?"然后我就突然懂了这个"什么"是何意。血涌上我的眼眶、脸颊,我大声叫道:"别这么跟我说话!您不懂,您不懂——那是……那是另外一个我,以前的那个我,现在的我……"

"谁知道哪个才是真的您呢?人就像小说:不看到最后一页不知道会出现什么样的结局。否则读下去还有什么意思呢……"

I-330抚弄着我的头。我看不到她的脸,但她的声音中流露出的某种东西让我觉得她在一个离我很远的地方,她的眼睛盯着一朵缓慢而沉默地流动着的云,而没人知道这朵云将要去什么地方……

突然,她一把把我推开,用温柔却坚定的口气说:"听着,我是来告诉您或许这就是我们最后相聚的日子了……您知道吗,教室都关了,今晚会重开?"

"关了?"

"是的。我刚才经过的时候朝里面看了。他们正在布置什么东西,好像是桌子什么的,还有穿白大褂的医生。"

"他们这是在搞什么?"

"我也不知道。现在还没人知道。最糟糕的就是这个。我觉得他们是在推闸,就有了电……如果现在不这么干的话,等到明天就……可是他们这么做或许也已经太晚了……"

我早就不知道"他们"是谁,"我们"又是谁了。我不知道我想要哪一个:要他们来得及还是来不及。我只清楚一件事,就是I-330此刻正在悬崖边上走着,她随时都会……

"真是疯了,"我说,"您……和大一统国。这就像您把手放在枪口上,想阻止子弹射出来一样。简直是疯了!"

她笑着对我说:"每个人都必须发疯……尽快发疯。昨天有人说了这话。想起来没?有……"

是我说的,我还把这话写下来了呢。也就是说这事是真的了。我一言不发地看着她的脸,她脸上的那个黑十字架此时变得异常清晰。

"I-330,亲爱的,趁还来得及……您要是想,我就把它都给扔掉,我把它都忘了……我们一起走,去那里,越过那道高墙,去那些……我也不知道那些人是谁。"

她摇摇头。透过她眼睛的黑窗户,我看到里面有一炉火,火花、火舌在升腾,旁边还堆着树脂一样的干木头。我还看到一切都已太迟。我现在说什么都不起作用了……

她站起身。她就要走了。也许这真的就是我们最后团聚的日子……或者是在一起的最后几分钟。我抓住她的一只手。

"不!就陪我再待一会儿……看在……份上……"

她慢慢地把我那只手、那只让我极其讨厌的毛茸茸的手举高放到明亮的阳光下。我用力想把它拽回来,她却死死抓着不放。

"您的手……您不知道。没有几个人知道,这儿的女人,城里的女人,开始爱上了那边的那些男人。您的体内也可能有着那片阳光普照之下的林地的一两滴血液。也许这就是我为何……"

一个停顿,好奇怪的是,这个停顿,这种空白,这种虚空,让我的心跳开始加速。我大声喊道:

"哦,天啊!您还不能走!等您把事情都说清楚了再走,因为您爱……他们,我也不知道他们是谁,从哪里来。他们是谁?他们是我们丢失的另一半吗?他们是那个H_2吗?跟我们这个O组合在一起才能形成溪流、大海、瀑布、波浪、暴风雨吗?"

我清楚地记得她的每一个动作。我记得在我说话的时候她把那个玻璃三角形从我的桌子上拿起来,把尖锐的边缘挨到了脸颊上,那里先是出现一条白色的压痕,而后变成粉红,最后消失了。让我感到吃惊的是我竟然忘了她当时说的是什么了,特别是刚开始说的那几句话。我只能回忆起各种不同的形像和色彩。

我知道她最先说的与两百年大战有关。绿草、黑土和蓝雪上面映衬下某些鲜红的东西——那是永远都不会干涸的血坑。然后是烈日燃烧之下的黄草,赤裸的、穿着破衣服的黄人,还有跟在人后面的筋疲力尽的狗,然后是肿胀的尸体——狗的,也许还有人的……这一切当然都发生在高墙的那一边,因为城市胜利了,你早就能在城里看到我们现在吃的这种食物了,用汽油做成的食物。

从天上几乎一直延伸到陆地上的是某种材料组成的沉重的黑色褶皱，那些褶皱在摇摆：原来是丛林之上的、村子之上的一股股的黑烟。空洞的哀号声笼罩在被驱赶入城的黑压压的人群之上，这些一眼看不到头的流民即将被暴力和强行灌输的幸福观拯救。

"这些事您都知道？"

"差不多都知道。"

"但您不知道，只有少数的几个人知道，在这少数的几个人当中只有一小部分活了下来，继续在那边、在高墙那边生活。他们全身赤裸，进了丛林。在那里，他们从树木、动物、鸟类、花儿和太阳身上学习知识。他们的身上长出了一层毛发，但毛发下面依然是鲜红的热血。您完蛋了。您的身上长满了数字，这些数字就像虱子一样在您的身上乱爬。您也要脱光衣服，钻入丛林。您要学会因为恐惧、快乐、狂怒、寒冷而浑身颤抖，您要学会向火祈祷。我们这些'靡菲'，我们想……"

"不，等等。靡菲？什么是靡菲？"

"靡菲？靡菲是一个古老的名字。靡菲是一个……您还记得吗，在那块石头上面有一个年轻人的形象。……哦，不，我最好用您的语言来说，这样您就能懂得快一些。听着——世上有两种力量，一种是熵，一种是能。一种通向快乐的平静、快乐的平衡，一种通向永无休止的痛苦的运动。我们的——应该说是你们的——祖先，像崇拜上帝一样崇拜熵。但我们这些人，我们……"

就在这时,传来一阵几乎听不见的敲门声,就像私语一样,然后那个扁平脸、额头盖住眼睛的号民闯了进来,就是他常常把I-330的纸条传送给我。

他跑到我们跟前,停下了脚步,就像一个空气压缩泵那样呼呼喘着粗气,一句话也说不出来。看得出来,他是拼了老命跑过来的。

"快说!出什么事了?"I-330抓住他的一只胳膊问道。

泵终于能说话了:"他们朝这里来了……那些警卫……他跟他们在一起,那个驼背的家伙!"

"S?"

"是的!他们就要来了。随时都会来。快点跑!"

"别急……我们还有时间!"她笑道。她的眼里冒着火花、快活的小火舌。

这要么是一种愚蠢、鲁莽的行为,要么其中有着我不懂的某些缘由。

"I-330!看在造福主的分上!您应该知道……您这是……"

一个锐角三角形的笑脸:"看在造福主的分上……"

"那就看在我的分上,快点……求您了!"

"哦,对了,有件事我想跟您说一下呢……不过也无所谓,等明天再说吧……"

她冲我快活地点点头(没错,是快活地点了点头),那个人的眉眼从额头下面探出来，也冲我点了点，随即转身走了，这样就剩下我一个人了。

我慌忙坐在桌子旁。打开手稿本，拿起钢笔——我是想让他们以为我正在为大一统国的利益工作。突然，我觉得我脑袋上的每一根头发都活了过来、竖了起来：“他们要是读一页，特别是从我最近写的这些当中挑一页出来读了该如何是好？”

我一动不动地坐在桌子旁，我看到墙在抖，我手中的钢笔也在抖，纸上的字左右摇晃，混在一起，看不清了。

藏起来？往哪里藏？一切都是玻璃的。烧掉？他们在大厅里会看到，隔壁的人也会看到。还有，我也没有勇气烧，这是我的呕心沥血之作，是我最看重的作品，烧不得。

我已听到楼下长廊里响起了脚步声和人说话的声音。没时间了，我只好抓起一叠手稿藏在屁股底下，我就这样在椅子上坐着，就像被焊住了似的，这把椅子的每一个原子都在晃动，我脚下的地板就像一块不断翻滚的甲板……

我弓着腰，快弓成一个球了，我低着头，从眉毛下面偷偷地看着他们从一个房间转到另一个房间，我盯着长廊尽头，他们离我越来越近了。有些人也像我一样一动不动地坐着，有些人跳起来迎接他们的到来，把自己房间的门开得大大的——这些人真幸运！要是我……

"造福主是人类所必需的最完美的消毒剂，正是有了他的存在，大一统国的机体内才没有任何的胃肠蠕动……"我的身体越俯越低，硬生生地从钢笔里面挤出来这一句纯属胡扯的话，我的脑袋里嗡嗡直响,就好像有个发疯的铁匠正在那里狠命地揍一块铁砧,此时我听到身后的门把手转了一下,一股强风涌了进来,我屁股下面的椅子开始跳起了踢踏舞……

直到这个时候我才费力地把头从稿子上抬起来转身面对进来的人(搞闹剧不是件容易的事——哦,今天是谁跟我说闹剧的事来着)。S领头——他那双隐喻、沉默、鬼溜溜的眼睛开始钻探我的内心、我的椅子、我手底下颤抖的稿纸。然后,我好像看到了某个熟悉的东西,这东西正站在门槛上,我每天都见,在来的这群人当中特别显眼:那东西呼呼喘着气,原来是那对浅棕色中透着粉红的鱼鳃……

我想起了半小时前这间屋子里发生的一切,我清醒地意识到她现在这是……我的整个身体都在抖,我身体的那个部分在跳(幸好我身体的那个部分不是透明的,他们看不到),我藏手稿的那个部分。

U从S身后跟了上来,很小心地摸摸他的衣袖,然后用很轻柔的口气说:"这就是D-503,'一统号'的建造师。您肯定听说过他。他总这样在桌子旁忙活。对自己可够狠的!"

我呢?我在想:真是个奇妙的女人!

S鬼鬼祟祟地走过来了,隔着我的肩膀在我的桌子上乱瞧。我用胳膊肘藏那叠手稿,他却严厉地大喝一声:"赶紧把那东西给我!"

我窘死了,不情不愿地把手稿递给了他。他读了读,我看到一丝微笑划过他的左边嘴角,划过他的脸,然后那微笑的小尾巴

179

翘了翘,停留在了他的右嘴边。

"寓意很模糊,不过……还行,继续写吧,我们就不打扰您了。"他迈着步子,啪嗒啪嗒地走到门口,他每走一步,我的脚、手、手指就多了一点掌控力,我的灵魂又一次均匀地延展至我的整个身体了,我又能呼吸了……

U临走前又晃荡了一会儿,贴近我的耳边对我说:"算您今天走运,多亏了我……"

我不懂她的意思。那天深夜我才得知他们带走了3个号民。没人再说这件事了,正在发生的事(我们内部到处都是保卫局的探子)也没人再提了。大家谈论得最多的就是晴雨表里的水银柱落得太快,天也变得太快。

笔记二十九

提要：脸上的线。
幼芽。异常压缩。

好奇怪，晴雨表里的水银柱正在下落，但风还没有来，只有一片寂静。在高高的地方，我们听不到的地方，暴风雨已经开始发怒了。乌云在全速往前冲，不多，又很分散，都是锯齿状的。就好像有个城市降落在了那个地方，这会儿那城墙和高塔正在朝下飞，在你的眼前，那些东西堆成一大堆快速往下掉，它们离你越来越近了，可仍需要很多天才能穿过那蓝色的虚空，最终撞击在我们的心底。

下面很安静。空气中有纤细、神秘、几乎无法看到的线。每年秋天，它们都会从那边，从绿墙那边，吹到这边。它们缓慢地飘浮在空中。突然你感觉你的脸上有了某种奇怪的东西，这东西你看不到,你想把它擦掉,却做不到,根本没办法擦掉它们。

如果你走近我今天早晨散步时经过的那道绿墙那边,就会看到这样的线多得数不清。I-330曾让我跟她在古屋那个房间里相见。我已经离那座锈色、不透明的高大古屋不远了,突然听到身后传来人的小跑声和急促的呼吸声。我回头一看,就看到O正朝我这边跑过来,她想追上我。

她这个人有些特别,整个身体看上去圆乎乎、软绵绵的。她的胳膊、乳房,她的整个身体都是我再熟悉不过的,她的身体把制服都撑圆了,让人觉得随时都会把那层薄薄的面料撑爆,然后她身体的一切就会暴露出来,暴露在光天化日之下。我突然想到,在那边的绿色的灌木丛里面,那些幼芽会在春天倔强地破土而出,凶猛而快速地长出枝条和叶子,尽可能快地怒放出花朵。

她站在那里沉默了一会儿,她那双蓝眼睛射出的光彩映照在我的脸上。

"那次我看到您了,就在一统节那天。"

"我也看到您了。"我突然想起了她当时正站在一条窄窄的过道里面,背对着墙,双手护着肚子。我忍不住瞧了一眼她制服下的浑圆的肚子。

她定是发现了我在看她,她的身体又粉又圆,她给我了一个粉红色的微笑:"我好幸福,好幸福……我圆满了,您看到了吗。都长得快要溢出来了。我散步的时候周围的一切我都听不到——我永远在听我的肚子里头,我的肚子里头……"

我什么也没说。我的脸上好像有个什么东西,让我心烦,但我却弄不掉它。然后她的蓝眼睛突然亮了起来，出乎意料地抓住我的手，我感觉到她的唇触碰到了我的手……这还是我平生第一次遇到这种事。这种古老的爱抚方式是我从未听说过的，我感觉受了伤，也觉得很羞耻，猛地把手拽了回来（可能还有点粗暴）。

"听着，您这是疯了！不止这一次……总之您就是……您为什么觉得自己幸福？别说您忘了您会有什么样的遭遇了？也许现在还不是时候，但再过一两个月……"

她就像一支刚刚熄灭的蜡烛。她脸上的那些幸福的小圈圈突然就扭曲变形了。我觉得，我的心中有不快乐、甚至痛苦的感觉，那是一种与怜悯有关的感觉（心不就是这样吗？心就是一个理想的泵，这泵吸取血液。把这个过程叫压缩从技术的角度来说是荒唐可笑的，由此引申出来的那些所谓的"爱""怜悯"以及任何可能会导致这种压缩的情感都是荒谬的、反常的、病态的）。

沉默。那道阴霾的绿玻璃墙就在我们左边。那座锈色的高大古屋就在我们前面。这两种颜色混合在一起，让我有了一个两全的主意：我觉得这主意很妙。

"等等！我有救您的办法了。我能救您！您不用瞧一眼您的孩子然后就死掉了。您知道吗，您可以喂养他，可以看着他在您的臂弯里成长，像个果实那样变圆、成熟。"

她浑身一阵战栗，她紧紧地抱住了我。

"您还记得那个女人吗，就是很久以前散步时看到的那个女人？听着，她现在就在这里，就在这座古屋里。我们去找她，我向您保证，我会马上把一切都搞定的。"

我早已看到了我们——我们三个：我、她，还有I-330，一同走在地下长廊里，带着她赶往那个有鲜花、碧草和绿叶的地方……但她朝后退了一步，那粉红色的新月颤抖着垂了下去。

"您在说……她。"她说。

"说什么？……"不知为何我有些发窘，"那还用问，我就是在说她。"

"您想让我去那个女人那里？您让她把我……您再也不要跟我提她！"

她俯下身体，从我身旁匆匆走了。然后好像又想起来什么事似的，转过身冲我高喊："我就是死了——又能怎样！这不关您的事——您操什么心？"

安静了。蓝色的高塔和高墙的碎片从高处纷纷落在你的眼前，下落速度之快堪称恐怖，但还有几个小时，也许还有几天，它们才会飞越无限辽阔的苍穹。那些看不到的细线在缓慢飘浮，停留在你的脸上，你却擦不掉它们，根本没办法擦掉它们。

我慢慢地走向那座古屋。我的心脏在承受着荒谬、痛苦的压缩……

笔记三十

提要：最后的数。伽利略的错？岂不更好？

昨天，我和I-330在那座古屋中有过一次交谈，当时我们置身于红色、绿色、古铜色、白色和橘色构成的混乱色彩中，那种氛围足以阻挡任何逻辑性的思维火车。那次交谈一直在那位塌鼻子的古代诗人的雕像底下进行。

我把这次交谈一字不差地复述了下来，因为我觉得这对于大一统国的命运乃至整个宇宙的命运都有着巨大的、决定性的意义。也是因为你们，我的陌生的读者们，或许可以从中发现一些能为我开脱的证据……

I-330没有浪费一点时间，干脆利落地对我说："我知道后天'一统号'飞船就要进行首次试飞。那天我们就要把它夺过来。"

"什么？后天？"

"没错。坐下说，先别激动。我们不能浪费一分一秒。昨天保卫局随便抓人，在数百个号民中抓走了12个靡菲。我们要是再等两三天，他们就都得死。"

我一言未发。

"为了后天的试飞，他们得给您配备电气专家、技师、医生、气象学家。时间定在12点——记住这个时间——等午饭铃一响，每个人赶去食堂的时候，我们就故意落在后面，在长廊里逮住他们，把他们锁进食堂，这样'一统号'就是我们的了。您明白吗，无论如何事情都得这么办。等'一统号'到了我们手里，再有了能够快速、毫无痛苦地毁灭整个宇宙的武器。他们的飞机就都成了一个笑话！就像鸡蛋碰石头！然后如果有必要的话，我们就把引擎里冒出的火焰对准他们，让引擎帮我们干这件事……"

我跳了起来。"哦，这一切真是太不可思议了！太愚蠢！您难道不懂吗？您在策划……一场革命？"

"没错，就是革命！革命有什么蠢的？"

"革命就是蠢，因为革命根本就不可能发生。因为我们——这是我说的革命，不是您口中的革命——我们的革命是最终的革命。不可能再有什么革命发生了。每个人都知道……"

她的眉毛拧成一个透着嘲讽的锐角三角形："哦，我的小乖乖，您可是数学家啊。说得更确切点，您可是搞数学的哲学家啊。这样吧，帮我一个忙：告诉我最后一个数字是哪个。"

"最后什么？我……我不懂您在说什么。什么最后一个数字？"

"您知道的，最后一个数字，最大的那个，绝对最大的那个。"

"可是，I-330，您这个问题也太蠢了吧。您应该知道，世间的数字是无穷无尽的，根本就没有什么最后的数字。"

"这就对了，既然数字没有最后一说，革命怎么就有最后一说呢？革命也没有最后一说的。革命的次数也是无穷无尽的。最后一次，是为了我们的孩子。无穷尽会吓着孩子，为了让我们的孩子睡个好觉，我们就得……"

"您说的这个有什么用？搞革命有什么用？看在造福主的分上，如果每个人都过得很幸福，闹革命又有什么意义？"

"让我们假定……好吧，很好，就让我们假定您说的是对的。然后又怎样呢？"

"这么问也太荒唐了吧！您这个问题问得可真幼稚。您跟小孩子讲故事，故事讲完了，他们还会问：然后呢？后来怎么样了？"

"只有孩子才是真正无惧的哲学家。无惧的哲学家肯定是孩子。您说的是对的，这就是一个孩子般的问题，也理应是孩子般的问题，然后怎样呢？"

"然后不怎样！没有然后了。整个宇宙呈现一片均衡，到处均匀分布着……"

"啊——到处均匀分布着！我们现在说的就是这个——熵，

心理上的熵。您是数学家。您当然明白只有差别、温度之间的差别、热度之间的差别才能让生命有意义，对不对？倘若整个宇宙中的一切生命都是一样的热、一样的冷……您就得让它们彼此相撞——这样才会有火、爆炸，地狱般的大火。而我们，我们要做的就是让它们相撞。"

"可是，I-330，您还记得吗，好好想想吧。我们的祖先在两百年大战期间就是这么做的，在两百年大战期间……"

"哦，他们做得对，他们做得百分百正确。但他们只是犯了一个错误：战后他们误以为自己是最后的数字——在自然界根本不存在的某种东西。他们犯下的错误正是伽利略犯的那种错误。伽利略说地球围绕太阳旋转，他说得对，但他并不知道整个太阳系还围绕着另外一个中心旋转。他并不知道地球的真正轨道（相对于相对轨道而言）绝不是某个天真的圆……"

"那你们呢？"

"我们目前至少知道最后的数字是不存在的。也许我们忘记了这一点。不，更有可能的是，当我们老了、当一切事物不可避免地老去时，我们将会忘记这一点。到那个时候，我们也会不可避免地下落，就像秋叶从树上纷纷落下；就像后天，您会……可是，不，不，亲爱的，我说的不是您。因为您和我们在一起，您和我们在一起呢！"

一阵酷热的旋风闪电般袭来，我从未见过她这个样子，她围绕着我，我消失在了她的体内……

她最后直视着我的眼睛说："记住了，12点。"

她走了。我被孤零零地留在了这混乱的闹意中——由蓝色、红色、绿色、棕色、橘色等颜色构成的闹意中。

没错，12点……突然，你又有了那种疯狂的感觉，觉得有个异物在你的脸上，你想擦掉它，却怎么也擦不掉。又是在突然间，我想起了昨天早晨U的样子和她冲着I-330大声吼叫的情景……为什么？真可笑。

我冲到外面，想飞奔回家，我一冲到外面就……

我听到我身后的某个地方响起了一阵鸟儿的刺耳的嘎嘎声，正是飞越绿墙的那些黑鸟发出来的。前面，在落日的余晖中，我看到了水晶般通透的燃烧着红色烈火的圆顶，巨大的立方形建筑物，还有直插高空、像一束被冻住了的闪电的蓄能塔的塔尖。这所有的一切，这所有的蕴含着无可挑剔的几何美感的物体，我就要亲手把它们……我想再没有别的路可走了，没有别的路了。

我走过某间大教室（编号忘了）。里头，长椅早已被撂起来了，教室中间是盖着雪白玻璃床单的桌子，阳光在白床单上留下了一摊血迹。这所有的一切当中隐藏着某个明天，某个未知的、阴森的明天。一个有理性、能看得见的人不得不生活在一群不合规则、未知的事物中，不得不生活在一群X中，这是有悖常理的。这种情况就好比他们蒙上你的眼睛，逼迫你摸索着朝前走，你不停地摔跤，你也知道悬崖边就在前面数英寸远的地方。你朝前再走一步，就会变成一堆肉酱。这不就是我目前的处境吗？

……如果你不想坐以待毙？你要跳崖吗？是不是除了跳崖就没路可走了？是不是跳崖就能让一切都有个了断？

笔记三十一

提要：伟大的手术。我宽恕了一切。列车相撞。

得救了！就在最后一刻，就在你觉得无计可施、一切都已完结时……你居然得救了。

这情形就好像你已经登上了通往造福主那台恐怖机器的台阶，或者钟形玻璃罩已经盖到了你的身上，你临死前最后一次朝周围看——快点看！贪婪地看着那蓝色的天空，想把它吞进你的肚子里……

然后突然间：这一切都变成了一个"梦"。粉红的太阳让人感到愉快，那道墙，手划过冰冷墙面和枕头的感觉是那么爽，你的头在白枕头上压出的那个坑，让你怎么看都看不厌……

这样你至少就能知道我今天早晨在读《国家报》时的感觉

了。我做了一个恐怖的梦,这梦如今已经做完了。而我,当时的胆子竟是那么小、那么没信心,甚至都萌生出了自杀的念头。昨天写的这几行字放到现在我可是羞于看到的。不过也无所谓了,就这样吧,就让它们做个提醒吧,提醒我曾遇到过那样不可思议的事——而这种事现在不会发生了……是的,不会再发生了!

《国家报》的头版文章耀眼醒目:

欢乐吧!

从现在起,你们就完美啦!而在此之前,你们制造的产物——机器——比你们更完美。

用哪种方式?

发电机的每一个火花都是最纯粹的理性的火花。活塞的每一次抽动都是一次完美的三段论。你们自己不也包括在了这永恒的理性中吗?

起重机、压力机、泵的哲学就像用圆规画出的圈那样完美、清晰。你们的哲学怎么就不能这么完美呢?

机械的美在于精确、永恒不变的节奏,就像钟摆的节奏。但你们——从小就受到泰勒思想的熏陶——怎么就不能像钟摆那样完美?

所不同的是:

机械是没有想象力的。

你们在干活儿的时候看到过有恍惚、愚蠢、虚幻的笑容划过圆柱形的泵的表面吗?就算到了晚上,按照规定应该睡觉的时候,你们曾听到过起重机的辗转反侧、长吁短叹吗？

不!

可是，你们应该为自己感到羞耻。警卫们越来越多地注意到你们竟然这样笑，这样长吁短叹。还有，你们真丢人，真该捂上自己的眼睛好好忏悔！大一统国的历史学家就算辞职也不愿记录你们那些丢人现眼的事。

可你们不以为耻，反以为荣。你们病了。你们得的病是：

想象。

这个词就像虫子，啃噬掉你们额头上的黑色皱纹。这个词就像狂热症，逼迫着你们跑得越来越远，尽管"越来越远"这个词就在幸福终结之处。这是通向幸福之路的最后一道障碍。

不过请你们欢乐吧，这道障碍已经被拆除了。

幸福之路畅通无阻。

大一统国科学上的最新发现：想象不过是脑桥部位的一个小小的神经节。用X光把这个小东西照三次，你们的想象的病就能彻底治好了。

永远

你们是完美的，像机器那样完美，幸福之路百分百畅通无阻。你们都快点行动起来吧，无论老少，赶紧去做这项伟大的手术。快去大教室，伟大的手术就在那里进行。伟大的手术万岁！大一统国万岁！造福主万岁！

你们若不是在我的笔记中读到这些如古代的某部志怪小说一样的情节，若你们那颤抖的手（就像我现在的状态）正握着这份散发着墨香的报纸,若你们像我一样,这一切就是最真实的现实。既不是今天的现实,也不是明天的现实,你们的感觉是否跟我的一样?你们的脑袋是否跟我的一样此刻正在旋转?你们感觉不到这种刺痛——恐怖、甜蜜、冰冷的刺痛——你们的胳膊上和背上的这种刺痛吗?你们就不会想到你们就是宇宙天神那样的巨人,只要一站起来脑袋就会撞到玻璃天花板的那种巨人吗?

我一把抓过电话:"I-330……是的,我找I-330。"然后,我的嗓子好像被什么东西堵住了,"哦,很好,你原来在家呢。您读了……您读了吗?很惊人……很惊人!"

"是的……"一阵漫长、神秘的沉默。我只能听到听筒里面传过来的一种低低的声音。她在想什么……"我今天务必见到您。没错,16点过后来我这里。务必见面。"

她太可爱了。我的可心人,我的小乖乖!"务必见面。"我感觉自己在笑,我控制不住,那我就把这笑容带到大街上吧,就像拿着一个火把,高高地举在头顶之上……

一到了外面,风就迎面击中了我。风扭曲着、呼啸着,像刀子一样割着我的脸。这反倒让我觉得更快乐。风,你就使劲吹吧,你就尽情嚎叫吧,你现在哪道墙都吹不倒了。我的头顶之上,铸铁般的乌云一边飘一边裂开。你倒是逞强啊,你挡不住太阳的。我们早就用一条铁链把太阳永远地锁在天顶上了——我们就是她的儿子,我们就是约书亚①。

---

① 约书亚继摩西成为以色列人的领袖,曾带领以色列人进入应许之地。

街角站着一小群约书亚,一个紧挨一个,前额抵着玻璃墙。里面早就有一个号民躺在白得刺目的桌子上了。他光着脚,脚后跟从白床单下露了出来,组合成了一个黄色的三角形,一群穿着白大褂的医生们正俯身鼓捣他的脑袋,一只手把一支灌满了什么东西的注射器送到了另外一只手中。

"您怎么不进去?"我其实没有特别地问哪个人,我问的是他们这一整群人。

"那您怎么不进去?"有个圆脑袋转了过来。

"我来晚了。我得先……"

我走了,觉得有点发窘。我真的想去见I-330。可我说的那个"得先"是什么意思?这个问题我回答不出来。

我到了"一统号"建造现场。"一统号"浑身淡蓝,冷冰冰的,闪着亮光,冒着火花。操控室里,发电机在嗡嗡作响,它真可爱,总在重复一个同样的字——我感觉是我经常说的某个字。我俯下身,摸了摸我那又长又冰的引擎管子。真是个小可爱啊……真是叫人心疼。明天你就有了生命,明天你的腹内就会第一次喷射烈火,让你颤抖着身子飞向……

若一切还像昨天那样,我又该如何看待这个庞大的玻璃怪兽呢?我若知道明天12点我会叛变——是的,叛变,又会怎么样呢?

我感觉有人在身后轻轻地碰了碰我的胳膊肘。我把头转了过去。第二建造师那张盘子似的脸就在我眼前了。

"您知道了……"他说。

"知道什么?手术?我知道,怎么了?一切若突然间……"

"不，不，我说的不是这个。我说的是试飞延迟了。后天才试飞。都是因为那个手术……大家白忙活了一场……"

都是因为那个手术。真是个鼠目寸光、可笑的家伙。他哪里知道，要不是这次手术，明天12点他就要被锁进玻璃笼子里了，任凭他在里面怎么拍打墙壁、怎么爬墙也出不来……

15点30分，我回到了自己的房间。我进屋的时候看到了U。她正坐在我的办公桌旁，就像一个象牙做的假人一样直挺挺、硬邦邦地坐着，用手托着右脸蛋。她定是等了我好久了，因为她站起来冲我打招呼的时候，我看到她的右脸蛋上早就被她的手按出了5个小褶皱。

一时间那个最最倒霉的早晨的一幕重回我的脑际，当时我们也像现在这样站在桌子旁，她紧挨着I-330，气势汹汹……可这一幕只闪了那么一下，就马上被今天的灿烂阳光抹掉了。这就像在某个阳光明媚的日子里，你走进你的房间，漫不经心地把灯打开：灯泡好像亮了，却还不如没有它的好，它吊在那里，瞧上去是那么可笑、虚弱、没用……

我想都没想就向她伸出了手，我原谅了一切。她用她那双粗糙的手紧紧握住我的手，耷拉的脸蛋就像古代的某种装饰物，因为兴奋而抖动着："我一直在……我只来了一会儿……我只想告诉您我有多么快乐，我为您感到快乐！您知道吗，明天，也许后天，您就会完全康复，您就会重生……"

我看到桌子上有一叠纸，是昨天我写的那最后两页笔记。它们正老老实实地待在我昨天放的位置上。她要是看了我写的东西……可这又有什么关系？那早就是过去式了，早就过去那么久了，现在看来就让人想发笑，就像望远镜拿倒了在望什么东西似的……

"是的，"我说，"这就像我此时正走在一条大街上，我前面有个人把影子投射到了人行道上。他的那个影子，您知道吗，正在放光。我想——不，我百分百确信——明天就不会有什么人的影子了，万物都不会有什么影子了。太阳会穿透万物……"

她用温柔却严厉的口气说："这都是您想象的！我可不想让我的学生们这样说话……"

她继续说她的学生们，说她如何把他们集合到一块去做那个手术，她又如何把他们一一捆住，告诉我"要爱，您就不能姑息，绝对不能姑息。"她还说她又如何最终下了决心要……

她把大腿中间制服下摆的褶皱抚平了，飞快地给了我一个药膏般的微笑，然后什么也没说就走了。

幸好，今天的太阳不会总待在一个地方，它还在继续走着，现在已是16点了，我在敲门，我的心脏在我的体内怦怦地撞击着……

"进来！"

我跪在她椅子旁边的地板上，伸出两条胳膊紧紧搂住她的大腿，头向后仰，注视着她的眼睛，先注视一只，然后换到另外一只，我在她的两只眼睛里都看到了我自己，那个甘愿做她的奴隶的我自己……

墙的另一边,暴风雨起来了,乌云越看越像铸铁,那又怎么样?我的脑袋里塞进去太多的东西了,狂暴的句子就要溢出来了,我正在某个地方轰轰飞翔,就像太阳——不,等等,不是在某个地方,我们现在知道那是哪里了——飞机在我们身后飞着,星球喷射着烈火,挤满了会唱歌的火红的鲜花——而在某些沉默的蓝色星球上,理智的石头已经搭建成了有组织的社会——像我们寄居的这个地球一样的星球,已经抵达绝对的、百分百的幸福的巅峰……

突然,一个声音从上面传来:"但您不觉得那个巅峰……就是搭建成有组织的社会的那些石头吗?"

那个三角形变得越来越尖锐、越来越阴暗了:"幸福……幸福到底是什么?欲望是一种痛苦的折磨,对不对?幸福就是没有欲望,甚至连……也不再有。多年来,他们把一个正号加到了幸福前面,这是多么严重的一个错误、多么可笑的一种偏见!绝对的幸福前面应该有一个负号,一个神圣的负号。"

我记得我心烦意乱地嘟囔道:"绝对的负值[①]是零下273摄氏度……"

"零下273摄氏度。说得很准确。很冷,但这不是刚好证明了我们正处在最高峰吗?"

她好像在我的身体里替我说话,就像很久以前那次那样,

[①] 即绝对零度。根据热力学第三定律,绝对零度(−273.15摄氏度)只能无限接近,永远无法达到。

把我心里头想的一一说了出来。但她的这种做法中又隐藏着某种阴森的东西，让我不堪忍受，我费了好大劲才从牙缝里挤出这个字："不。"

"不，"我说，"您在……开玩笑……"

她开始大笑，笑得很大声……太大声了。她一直在笑，直到触碰到了某个东西的边沿，才退回来坐下。一阵沉默。

她又站了起来。她把双手搭在我的肩膀上，慢慢地看着我，看了好久。然后她把我拽向她的身体，除了她那尖锐的红唇，一切都消失了。

"永别了！"

这话是从我头顶之上很远的地方传来的，用了足足一分钟——也许是两分钟——才让我听到。

"您说'永别了'是什么意思？"

"您病了。您在因我犯罪。这让您痛苦，不是吗？但现在那个伟大的手术来了，您因为我得了的病就要治好了。因此……永别了。"

"不！"我开始叫喊。

一个冷酷的黑色锐角三角形出现在了她的白脸上："您到底什么意思？难道您不渴望幸福吗？"

我的脑袋在朝四面八方撕扯。两列逻辑性的火车撞到了一起，缠绕在了一起，正在垮掉、爆裂……

"您不想要幸福吗？那好，我等着。给您一个选择：接受手术，获得百分百的幸福还是……"

"我不能没有您,没有您,我活不下去。"这话我不知道是说出来的还是想出来的,反正I-330听到了。

"这我知道。"她答道。然后她就像刚才那样依然把手放在我的肩膀上,盯着我说:"既然如此,那我们明天见。明天12点。记住了吗?"

"不行。那件事推迟了。得后天了。"

"这样更好。那就后天12点……"

暮光中,我独自一人走在街上。风扭曲着、拉扯着、驱赶着我的身体,我就像是一片纸;铸铁般的天空中碎片在乱飞,乱飞……我的身体擦到了朝相反方向走的那些号民的衣服,我是那么孤独。我算看清楚了:谁都能得救,唯独我不能,而且再也不能了。我不想被拯救……

笔记三十二

提要：我不信。拖拉机。木屑般的小人。

你相信你会死吗？是的，人总会死的，我是人，因此……不，我想说的不是这个。我知道你明白这个道理。我想问的是：你是否真的相信，完完全全相信，不是你的心相信，而是你的身体相信，你真的会觉得，拿着这页书的手指有朝一日会变得枯黄、冰冷……

你不信，你当然不信了——因此你至今还未从10楼跳到下面的人行道上，因此你还在吃着、翻着书页、刮着胡子、写着……

一样的——没错，简直一模一样——我今天就是这样的状态。我知道我的手表上那个小黑指针半夜里会偷偷地转到这里，然后慢慢地朝上爬，穿过某个时刻，也就是某个最后的点，而在那一刻,一个不可思议的明天就开始了。这个我知道,却不知为何总不愿相信——也许在我看来,24个小时就要变成24年。因此,我还在做着一些事,还在匆匆赶到某个地方,还在回答问题,还在顺着梯子爬到"一统号"的上面。我还能感觉到它在水面上摇动,还知道我得紧紧抓住扶手,还能感觉到手底下那冰冷的玻璃。我能看到透明的、活生生的起重机正弯着它们那鹅一样的脖子,探出嘴来,小心而温柔地在"一统号"的引擎里填充可怕的、爆炸性的食物。俯瞰河面,我能清楚地看到被风吹起的蓝色波浪。但即便这样,一切都离我相当遥远,我觉得这一切好奇怪、好没有意思,就像一张纸上的图表。同样奇怪的是,第二建造师那张了无趣味、图表化的脸突然说话了:"您想说什么?我们还要在引擎里填多少燃料?还得填三个小时,还是三个半小时……"

我的前面,在这张图表的某个三维凸出物上,我看到了我拿着计算器的那只手,对数盘的指针正指向15这个数字。

"15吨。不,最好加到……是的,加到100吨……"

因为毕竟我知道明天……

我借着眼角余光看到,我拿着对数盘的那只手开始几乎不可察觉地颤抖。

"100吨?干吗用这么多?100吨够一个星期用的了。何止一个星期,100吨够用很久了!"

"这种事可说不好……谁知道呢?"我说道。

风在呼啸,直达天际的空气中似乎被某种无形的物质塞满了。我费力地呼吸、走路,在那条大街的尽头,我看到蓄能塔上的时钟的指针也在费力地转动，始终没有停下。塔的尖顶，看不太清，只能辨认出是蓝的，直插云端，每次吸收了电，都会无精打采地发出一声嚎叫。音乐工厂的铜管子也在嚎叫。

还是四人一排在朝前走，永远都是四人一排在朝前走。但今天的队伍看似有些不整齐，也许是风把大家的步子吹得有点乱套。队伍越来越乱。他们在街角撞到了什么东西，赶紧朝后退，然后冻得挤成了一堆，艰难地呼吸着，而且伸长了脖子。

"快看！不是，那边！快看！"

"他们！是他们！"

"我？决不去！决不！我宁可把我的脑袋第一个塞进那台机器！"

"快闭嘴！您这个疯子！"

街角大教室的门敞开着，从里面慢腾腾地走出来黑压压的一群人，约有50个。或者更确切地说，不是什么"人"，不应该用这个字。那些不是人的脚，而是某种沉重、锻造的车轮，在被某种无形的动力装置拉着。那些不是人，而是某种人形拖拉机。在它们头上，在微风中噼里啪啦直响的，是一面白旗，上面绣着一个金色的太阳，阳光中绣着几句话："我们第一！我们早就做了手术！大家都要跟我们学！"

它们慢慢地冲破人群，走得很慢，却无法阻挡，让你觉得就算前面有一堵墙、一棵树或者一栋房子挡住了它们的去路，它们也会把那墙、树或房子都掀翻在地，前进的脚步一刻也不会停歇。此刻它们已来到了路中间。此刻它们已延伸为一条锁链，手挽着手，面对着我们。我们，只是一小堆被吓得头发根根竖起的脑袋，我们伸长了脖子。我们等着。乌云来了。风在呼啸。

突然，这条锁链的左、右两端朝我们包抄过来，而且速度在逐渐加快，就像一辆重型卡车在滚下山坡，形成一个圈，把我们围在当中，然后……朝着那些敞开的门，从那些门里进去了……

有人发出一声尖叫："这是在包抄我们！快跑！"

人群乱作一团。在靠墙的地方，这个围拢的圈中还留有一个小小的缺口。每个人都朝那边冲了过去，脑袋伸得高高的，但转瞬间就被挤成了楔形，大家用尖尖的胳膊肘、肋片、肩膀和侧身相互推搡着。他们就像消防管里被压住的水，此时猛地喷射了出来，啪嗒啪嗒响的脚、挥舞的胳膊、制服散落了一地。在这纷乱中，我在某个地方看到了一个身体两道弯的家伙，看上去就像字母S，而且这家伙还长着一双透明的、像翅膀一样的耳朵。然后就不见了，钻到了地底下，于是我在这挥舞着的胳膊和脚就成了孤家寡人。我得赶紧逃命。

我在一个门口停下脚步，背靠着门，想喘口气，可就在这时，起风了，一个银色的小人影冲我走了过来。

"我在您身后……始终都在……我不想这样，知道吗……我不想这样。我想……"

圆圆的小手抓住了我的衣袖，还有那双圆圆的蓝眼睛：是她，是O。然后她背靠着墙慢慢地滑倒在地上。她弯着腰，她的身体在冰冷的台阶上缩成一小团，我站着用湿乎乎的手抚摸着她的头和脸。这个姿势使我看上去是那么高大，她看上去又是那么渺小，就

203

像是我身体的一部分。这种感觉跟我和I-330在一起时完全不同,我突然想到,古代人可能就是这样呵护他们自己的孩子的。

我坐在地上,我几乎听不到她在说什么,她用双手捂着脸在喃喃:"每个晚上我都会……我不能……他们若把我治好了……每天晚上,只剩下我一个人呆坐在黑暗中时,我就会想他——想他怎么从我的肚子里出来,我又能为他做些什么事……若是他……我活着就没什么意思了,您明白吗?……您得……您得……"

那是一种可笑的感觉,但我真的坚定地想道:是的,我得做这件事。是很可笑,因为我要再犯一次罪。是很可笑,因为白的不能变成黑的,责任不能是犯罪。倘若一切都反过来,那世间就没有黑白之分,一切的色彩也只能依靠某个基本的、逻辑性的前提判断了。若从我非法给她个孩子这个前提出发……

"好的,不过您别急……放松点……"我说,"您知道,我要带您去找I-330……就像我此前对您承诺的那样……这样她就能……"

"好吧。"(她低声说,此时她仍用双手捂着脸。)

我把她搀扶起来。然后,我们谁也没说一句话,也许在想着各自的心事,也许在想同一件事,我们就肩并肩地走在了那条黑暗的街上,我们穿过铅灰色的安静的房子,穿过被狂风抽打的那些枝条……

在一个透明的精神紧张点上,透过呼啸的狂风,我又听到身后响起了那种踩过水坑的啪嗒啪嗒的脚步声。拐弯的时候,我朝身后看了看，在相互追逐的乌云投射在玻璃人行道上的倒置的暗影中，我看到了那个S。我马上开始用某种奇怪的姿势挥舞手臂，冲着O高喊，告诉她明天"一统号"就要进行首次试飞，到那个时候，也许就会有某种极其不可思议、神奇、恐怖的事件发生……

O瞪大了蓝色的眼睛看着我，然后看到了我那双使劲挥舞的、瞧上去很可笑的手臂。但在我的心中，我听到（我只能在心中听到）有个独立的狂热想法在嗡嗡叫着冲撞我的身体："您不能……您一定要做……您不能把他引到I-330那里……"

我没有朝左拐，而是直接朝右边去了。那座桥正听话地等着我们三个人：我、O，还有一直跟着我们的S。河对岸，灯火通明的房子里射出的光泼溅到了水中，分解为数千个狂热跳动的火花，轻轻拍打着疯狂的白色泡沫。风在呜呜吹着，就像用船的缆索制成的某种低音弦乐器，在我头顶之上的某个地方弹奏出的声音。在这呜呜的低音中，在我的身后，始终……

我们到了我住的那栋大楼。O在楼门口停下，盯着我的眼睛，好像说了一些类似于下面这样的话："不是这里，您答应过……"

但我没容她说完就赶紧把她推了进去，我们来到了大厅里面。在管理员的桌子旁，那对熟悉的耷拉着的鱼鳃兴奋地摇晃着；一群号民站在旁边，好像在探讨什么事，一群脑袋从二楼的栏杆那里伸了出来；人们一个挨一个地下楼。这些事留到以后再说吧……此刻，我带着O匆匆赶到对面的角落，背靠着墙坐下（我在墙的另一面看到一个黑乎乎的大脑袋的家伙正探头探脑地

205

在人行道上晃荡），从口袋里掏出一张纸。

O慢慢地坐到了椅子上，就好像她制服遮盖下的身体在融化、蒸发，最后只留下了空荡荡的衣服，她在用她那双空洞的蓝眼睛看着我，好像把我整个都吸到那虚空中去了。她用疲惫的语气说道："您为什么带我来这里？您在骗我，对吗？"

"别说话……嘘！看那边！就是那里……墙那边，看到了吗？"

"看到了。有个人影。"

"那个人一直跟着我……我甩不掉他。知道吗——我甩不掉他……我给您写几句话，您要带着这纸条赶紧走……您一个人去。我知道他要到这里来了。"

她制服下面孕育着生命的身体又抽动了一下，她圆圆的肚子好像又圆了那么一点，她的脸颊显露出了一种几乎不可察觉的晨光、一种黎明时的光亮。

我把纸条塞进她那冰冷的手指间，握了握她的手，最后一次注视着她那双蓝色的眼睛。

"永别了！也许我们以后还会再见面……"

她抽回她的手。她弯下腰慢慢地走开了，可是只走了两步就飞快地转回头又来到我的身旁。她的唇在抖动，她的眼睛、她的嘴唇、她所有的一切，都在一遍又一遍地对我说着同一个字，这个字她说了一遍又一遍，像是舍不得它……她的笑容让我不忍去看。那是怎样的一种痛苦啊……

然后门口就出现了她那弯着腰的银色的小人影，她在墙那边走着，再也没有回过一次头，走得越来越快了……

我走到U的桌子旁。她的鱼鳃鼓动着，透着警示和愤怒，她说："看看……他们真是疯了！那边那个人竟然说他在古屋附近看到了一个浑身长毛、赤身露体的家伙……"

从那群挤在一起的脑袋中传出一个声音："是的！我再说一遍，我看到了。我真的看到了。"

"您对这事怎么看，呃？肯定是疯了！"

"疯了"这个词她说得那么肯定、那么不容更改，让我忍不住想："也许真的疯了，也许最近这几天发生在我身上以及我周围的那些事真的都是我一时疯狂的想象？"

但我瞥了一眼我那毛茸茸的手，不禁又想起I-330说的："您的身上可能流有一滴丛林的血液……也许正是因为这一点，我才觉得您……"

不，幸好这不是疯狂的想象。不，不幸的是，这不是疯狂的想象。

笔记三十三 | 提要（没空写提要，是最后匆匆写的）

这天终于来了。

我赶紧拿过报纸，也许上面刊登了这则消息……我用眼睛看报纸（没错：现在我的眼睛就像钢笔、计算器，就像你能拿在手里的某个东西，你觉得并不属于你身体的某个东西——工具罢了）。

头版通篇大字：

幸福的敌人没睡觉。用你们的双手紧紧抓住幸福吧！明天不用工作——全体号民务必前去接受手术。违抗命令者一律送上造福主的机器。

明天！真的还有什么明天吗？

每日的惯性使我把手（工具）伸到书架那边，把今天的《国家报》塞进有烫金浮雕封面的报夹子。手举到半空中时,我想:"这又何必呢?塞不塞的又有什么所谓?反正我再也不会回这个房间了,再也不回来了……"

报纸脱手掉落在地上。我站起身,朝房间周围看看,看过它每一处后,开始匆匆收拾东西,把不愿意丢下的一切疯狂地塞进了某个无形的手提箱——桌子、书、椅子。正是I-330坐过的那把椅子,当时我正瘫倒在地板上……还有那张床……

一分钟过去了,两分钟过去了……也许我在等着某个荒谬的奇迹发生——也许电话会响,也许她会说……

没有。没有奇迹发生。

我要走了……去一个陌生的地方。这是我最后写的几行字。永别了,我的陌生的读者们,我写了这么多页,这期间你们一直与我为伴,我曾向你们彻底敞开心扉,向你们揭示我的"灵魂",连一个磨损了的螺丝钉、连一根断裂了的发条都没有漏掉……

我要走了。

笔记三十四

提要：休假的人。阳光明媚的夜。无线电女神。

哦，我若真的能把自己和别人统统碾碎该有多好；我若真的能和她一同出现在墙的另一边、出现在那些龇着黄牙的猛兽中间该有多好；我若是没有回到这里该有多好。那样就会容易1000倍乃至100万倍。现在又该怎么办？去吧，去绞杀那个……可这样做又有什么用？

不，不，不！你要控制住你自己，D-503。你要坚定地站在某条逻辑线上……就算坚持不了多久，也要拼尽全力拉动那根拉杆……然后，就像古代的奴隶那样，抓住三段论的磨盘不放，直到把发生的一切都写下来、想明白……

我登上"一统号"的时候，大家都已各就各位，巨型玻璃蜂巢里面早就挤满了人。透过下面的玻璃甲板可以看到小如蚂蚁的人正待在电话、发电机、变压器、测高仪、阀门、指针、引擎、泵和管子旁边。军官公共生活室中有几个人正俯身在一堆图表和仪器上，大概是科学局派来的人。这些人旁边就是第二建造师和他的那两位助手。

三个人像乌龟一样把头都缩进了脖子里头，铁灰色的脸阴沉着，瞧上去有些衰老。

"嗯，怎么样了？"我问。

"哦……可怕得很，"其中一个一脸灰败，笑道，"不知道我们要在哪里降落。总之，这事谁也说不准……"

我不忍去看他们。再过一个小时，我就要亲手让这帮家伙与时间表上那些美妙的数字永远决裂，就要让他们永远离开喂养他们的大一统国的怀抱了。他们让我回想起了每个小学生都知道的那个叫作《三个休假的人》的悲惨故事。这个故事说的是一个实验，三个号民休假一个月：你想干什么就干什么，想去哪里就去哪里[①]。可这三个可怜的家伙哪也不想去，整天就围着他们工作的地方转悠，一直在贪婪地朝里面看。他们在广场上晃悠，一连数个小时重复着他们的机体在每天的某个时间点开始要求他们做的动作：他们空手锯空气，空手刨空气，挥舞无形的锤子，使劲砸谁也看不到的大铁块子。就这样过了10天，他们终于受不了了。他们手拉着手，随着《进行曲》的节奏，一起朝水中走去，

---

① 那是很久以前的事了，在时间表中的第3个世纪。

越走越深，直到最后水将他们的一切痛苦彻底淹没……

我再说一遍，我不忍去看他们。我得赶紧离开这里。

"我去机器间检查一下，"我说，"然后，我们就上路。"

他们在问我这样那样的问题，比如发射需要多大压力，尾舱中加多少压舱物。我的身体里就好像有个留声机在代替我快速而准确地回答这些问题，而在我的心中，我始终在想自己的事。

在一个狭窄的小舷门里，有个东西突然进入我的意识，事情就是从那一刻开始的。

灰色的制服，灰色的脸，不时从那道狭窄的舷门中出来，过了一会儿，又有一个人冒了出来——深陷的眼睛之上的额头上垂着乱糟糟的头发，是他。我明白了，他们来了。

我无处躲藏。只剩下最后的几分钟了，最后的几分钟了……我浑身上下的分子在极其细微地震颤（从那一刻起直到最后，这种震颤就没有停过），就好像开动了一个巨型引擎，而我的身体太轻无法承受一样，紧跟着，墙壁、隔间、缆绳、大梁、灯泡——所有的一切都开始颤抖……

我依然不知道她是否也来了。但现在已没有时间想这个——他们让人来叫我马上到舰楼里去：该起飞了……起飞？朝哪里飞？

铁灰色的、阴沉的脸。下面的水面是猛烈起伏的蓝色波浪。沉重的、铸铁般的天空中布满乌云。当我拿起指挥电话时，我的手好像也变成了一块铸铁。

"向上，45度！"

一阵沉闷的爆炸声——颠簸——舰尾猛地掀起一座绿白色的山——软绵绵、像海绵一样的甲板消失在了脚下——一切都沉了下去，一切的生命都永远地沉了下去……眨眼间，在我们落入某个漏斗状的东西时，周围的一切都在下沉：冰雕似的蓝色的城市风景、大楼之上的圆顶以及蓄能塔顶上的那根像手指一样孤零零的蓄能针都在下沉。然后，看到了一片像棉花团一样的云幕，穿过它，太阳就闪耀在蓝色的天空中了。时间一分一秒过去了，数十英里过去了。天空蓝很快变得坚硬，与黑暗融为一体，星星出现了，就像一滴滴银白色的冰冷的汗珠。

焦虑、炫目、黑暗、明媚的星夜就这么来了。你突然聋了的时候就会看到这样的情景：你依然能看到小号在猛烈地吹奏，但你只能看到它们，你听不到号声。周围只有寂静。太阳现在就是如此，哑然无声。

这是正常现象，是能够预料到的事。我们已经离开了地球的大气层。但这一切发生得太快、太突然，以至于让每个人突然变得害羞、沉默了。但对我来说，在这奇妙、沉默的太阳底下反倒觉得更自在，就好像终于鼓足了勇气，跨过某道无法避开的门槛，把我的身体扔在了那里。我的灵魂正在一个新的世界里加速前行，希望这里的一切都是新奇的、颠倒的……

"保持航向！"我对着对讲机大声喊道，或者说得更确切些，这喊声是我体内的那个留声机发出来的。还是这个留声机做了一个机械性、旋转性的动作，把对讲机交到了第二建造师的手中。我的整个身体的分子在极其细微地震颤着，这种震颤只有我一个人知道，我的整个身体向下俯冲，在寻找着……

军官公共生活室的门——还是我刚才提到的那扇门，再过一个小时就会关闭、锁紧。门边有个人，我不认识，是个矮个子，那张脸扔在人群中很难辨认，却有着一个怪异的地方，胳膊极长，都到了膝盖那里，瞧上去就像是把别人的两条胳膊错误地装在了他的身上。

那两条长胳膊当中有一条伸了出来，挡住了门："您要干吗？"

看得出来，他并不知道我对这里的一切了如指掌。但这样又如何，这样也许更好。我挺直了身体，故意很严厉地对他说："我就是'一统号'的建造师。此次试飞由我全权负责。您懂吗？"

长胳膊缩了回去。

军官公共生活室。一堆脑袋还俯在仪器和地图上，有些长着灰色的毛，别的都是黄的、秃的、熟透了的。我飞快地瞥了一眼这堆拢到了一块儿的脑袋，然后径直穿过舷门，走下升降口扶梯，到了引擎室。在那里，因燃料爆炸而被烧得通红的管子散发出热气和噪音，闪着亮光的控制杆醉醺醺的，正在跳一支疯狂的舞蹈，仪表盘上的指针一刻也未停止它们那几乎不被察觉的震颤……

最后，在转速表那里，他——那个额头像戴了顶帽子的人——正俯身在笔记本上……

"听着！"噪音那么大，我得冲着他的耳朵喊，"她在这儿吗?她在哪儿?"

他额头下的暗影中浮现出一丝微笑:"她?在那边。在无线电话室。"

我去了电话室。屋里有三个人。每个人都戴着那种长着翅膀的头盔式耳机。她看起来比平时高一头,长着翅膀,闪着亮光,就像古时候在飞翔的那种女神。无线电天线上面好像在冒着蓝色的大火花,是从她身上冒出来的,另外她的身上还散发着一种淡淡的臭氧的气味,也就是闪电的气味。

"谁能……或者您能,"我喘着粗气(走得急闹的)对她说,"您能给地球,也就是建造场,发个信号吗?跟我来,我口述。"

紧挨着设备室的是一个小隔间,就像箱子那么大。我们挨着坐在椅子上。我找到了她的手,攥着。

"呃?我们现在要做什么?"

"我不知道。您能想到这一切是多么神奇吗?我们就是飞,什么也不知道,也不管去哪里……马上就12点了,却没有一个人知道那件事。今晚……我们,我和您,会在哪里?在草地上,还是在干树叶上……"

她的身上冒着蓝色的火花,散发着闪电的气味,我的身体也震颤得越来越快了。

"把这个写下来,"我大声对他说,我还在喘气(还是走得急闹的),"时间11点30分。速度6 800……"

她的目光始终不离那张纸,在她戴着的那个长着翅膀的头盔式耳机下面,她很小声地说:"昨天晚上,她带着您的那张纸条来找我了……我知道,我什么都知道,一切都要悄悄地进行。可她的孩子……是您的,对吗?因此我送她……她已经在那儿了,就在墙的那一边。她要在那里生活下去……"

我回到了舰楼上。我又跟繁星点点的黑暗、疯狂的夜空,以及炫目的太阳在一起了。我又跟墙上挂着的那个一分一分转过去的蹩脚的指针在一起了,一切都笼罩在无限美的迷雾中,一切都在不可察觉地震颤,而这种震颤只有一个人知道。

不知为何,我突然觉得这一切最好不要发生在这里,发生在下面,靠近地面的地方更好。

"关闭引擎!"我对着对讲机大声喊道。

飞船由于惯性依然在朝前走,但速度越来越慢了。然后"一统号"瞬间搁浅,一动不动地在空中停留了片刻,突然向下俯冲,速度越来越快,就像一块石头。就这样在死寂中过了数十分钟,我都能听到自己的心跳声,然后在我的眼前,指针离12点越来越近。我看到我自己就是那块石头,I-330就是大地,我感觉自己好像被别人扔了下去,我也迫不及待地要下落,与地面激烈地撞到一起,把自己撞得粉碎……可是倘若……你已经能够看到下面那坚硬的蓝色烟雾了……可是倘若……

但我体内的那个留声机用一个分毫不差的旋转性的动作抓住电话下达了命令:"缓速前进!"我这块石头不再朝下落了。此刻,四个引擎,前面两个,后面两个,疲惫地喘着粗气,刚好能支撑住"一统号"的重量,而"一统号"就好像抛锚了一样,仍停留在空中,几乎看不出颤抖,我们距离地面仅剩数公里。

大家一涌而出登上甲板(12点刚好是午饭时间),一个个将身体俯在玻璃扶手上,贪婪地看着高墙那边的那个未知的世界。琥珀色、绿色、蓝色;秋天的丛林、草地、湖。一个蓝色的类似碟子的湖泊边缘有一片黄色的废墟,看上去像是骨头,其中一根枯黄的手指凶恶地指向空中——很可能是一座古老教堂的尖顶,奇迹般地存活了下来。

"快看!快看!那边,右边!"

绿色的荒原那边,有个点,就像棕色的暗影正在快速移动。我机械地拿起望远镜仔细观看:齐胸高的草地上有一群棕色的马正在小跑,它们的尾巴扬着,背上坐着那些家伙,暗红色的、白色的、黑色的……

我身后有个声音说:"我不是跟你们说过吗,我见过它,那是人的面孔。"

"快得了吧……去跟别人说吧。"

"哎……给您望远镜,您自己看嘛。"

但那些家伙已经消失了,只剩下无垠的绿色荒原……

就在这个时候,铃声响彻了整个荒原以及我跟每一个人的心中。再过一分钟就12点了,该吃午饭了。

整个世界顷刻间化为一堆碎片。有个人的金色号牌掉在楼梯上,发出了一阵回响,我根本不在乎这个,我用脚后跟把它踩扁了。那个声音又传过来了:"我不是跟您说了吗,那是一张人脸!"前面是一个黑色的长方形的门,推开门进入军官公共生活

217

室。一个尖锐的微笑，露着两排白牙……

就在那一刻，当我屏住呼吸等待着钟表开始不间歇地缓慢地敲响时，当我前面的人群已经开始朝前移动时，那扇四方形的门突然被两条熟悉的、长得离谱的胳膊拦住了：

"停下！"

手指插进我的掌心——是I-330，她就在我身旁。

"这人是谁？您认识吗？"

"不就是……他不就是……"

他现在已经骑到了某个人的肩膀上。他那张大众脸凌驾在了几百张脸之上。

"以保卫局的名义……你们都给我听着，每个人都得听着。我要跟你们说的是：我们已经掌握了情况。我们还不知道你们的号码，但我们什么都知道。'一统号'不会落入你们手中。试飞即将结束，至于你们，不得擅自行动，你们要亲手完成此次试飞。然后嘛……我的话讲完啦。"

一阵沉默。我脚下的玻璃通道是软的、倾斜的，我的脚是也是软的、倾斜的。我的身旁是一个绝对惨白的微笑，疯狂地喷射着蓝色的火花。她对准我的耳朵，从牙缝里挤出几句话：

"这么说就是您干的了？您'尽责'了？好吧……那就这样吧……"

她松开了我的手，她那长着愤怒的翅膀的头盔式耳机已经蹿到了我的前面。我像别人一样，脸上没有任何表情，一声不吭地独自走进了军官公共生活室。

但这一切不是我干的！不是我干的！这话我跟谁都没有说，只跟这些默然的白纸说过……

在我的心中，我在冲她吼叫，在对她澄清这一切。我的吼叫中透着绝望，是那么响，却似乎又听不到。她坐在我对面的桌子旁，一次也没有看我。坐在她旁边的是那个熟透了的黄秃顶。我听到I-330说：

"'高贵？可是我亲爱的教授，只要从文学的角度分析一下这个词，就会发现这是一种偏见，是古代封建的残余。而我们……"

我感觉我的脸变得越来越苍白，再过一会儿，可就每个人都知道了……可我身体里的那个留声机正在数着吃一口需要咀嚼的那50下，我把我锁进了自己心里，就像锁进了一座不透明的古屋中，我用石头堵住门，放下了窗帘……

然后，指挥电话就在我的手中握着……飞吧，面无表情地飞吧，痛苦地飞吧，穿过黑暗的云层进入阳光明媚而又星光闪烁的夜空。时间一点点过去了。在这段时间里，我体内的那个逻辑马达一直在全速运转，但运转的声音我并未听到。因为在蓝色的太空中，我突然看到了我的书桌以及书桌之上U那耷拉的鱼鳃脸，桌子上放着的正是我忘记拿走的那一摞笔记。我清楚地看到了一切。除了她再没有别的人在场……我看到了一切……

哦，我若能……我若能赶到无线电话室该有多好……长翅膀的头盔式耳机，蓝色闪电的气味……我想起来了——我正在大声地对她说着什么，我想起来了，她的目光穿过我射向远处，就好

像我是一块玻璃,她漫不经心地说着:

"我在忙。我在接收地面传过来的信号。您跟旁边的那个人口述吧……"

在那个小箱子似的屋里,我想了一会儿,然后用一种坚定的口气叙述道:

"时间:14点40分。准备降落!关闭所有引擎。试飞结束。"

舰楼。"一统号"的机械中心已停止运行,我们正在降落,但我的心落得并没有那么快,我的心始终在后面慢吞吞地走,始终在我的嗓子眼里。穿过云层——远处一个绿色的点,越来越绿,越来越清晰,打着旋朝我们冲过来——一切就这样结束了……

第二建造师那张盘子似的脸此刻已变得苍白、扭曲。很可能就是他拼尽全力撞了我一下。我的脑袋撞到了什么东西,就在我眼前一黑倒地的时候,我模糊地听到:

"打开机尾引擎!全速向前冲!"

飞船猛地向上冲……后来的事我就不记得了。

笔记三十五

提要：戴头箍。胡萝卜。谋杀。

我一夜没睡。我整夜都在想一件事……

昨天出了那个事故，现在我的脑袋上已经缠上了绷带。或者更准确地说——不是什么绷带，更像是头箍，一个用钢化玻璃制成的冷酷的头箍，用铆钉固定在了我的脑袋上。而我此刻也被禁锢在了这样的一个锻造的头箍中：把U干掉。干掉U，然后走到I-330跟前对她说："这下你相信我了吧？"但令人讨厌的是，杀人是一种肮脏、过时的勾当。抄起个什么东西，砸碎别人的脑袋让我觉得嘴里甜甜的，却又觉得很不是滋味，我不能吞下我的唾液，从此以后，我就只能往手帕上吐唾液了，我的嘴里已经干巴巴的了。

221

我的柜子里藏着一根断掉的活塞杆,是浇铸的时候断掉的(我得在显微镜下仔细观察断裂的部分)。我把我的笔记卷成一个圆筒,把断掉的活塞杆塞进去(我的一切都在这些手稿上了,让她读吧,一直到读完最后一个字),就下楼了。楼梯好像总也走不完,而且讨厌的是,有些楼梯还很湿滑,我得不停用手帕擦汗……

我到了下面。我的心在怦怦跳。我停住脚步,拿出活塞杆,朝检查员的桌子走去……

但U并不在那里。桌子上空空的、冷冰冰的。我这才想起来今天不上班,大家都去做手术了。这样就对了,她没理由在那儿,也没有人登记……

我到了街上。起风了。天空由相互追逐的铸铁盘子组成。就像在昨天的某个时刻发生的那一幕:整个世界分裂成单独、清晰的碎片,每个碎片都在向下俯冲,然后停顿片刻,飘浮在我面前的空气中,最后完全蒸发掉,不留一丝痕迹。

就像这页书中写的那些明明白白的黑字突然改变了顺序,惊恐地四散奔逃,结果一个字也没有留下,只剩下一堆由字母组合成的没有任何意义的词:醰、傉、苁、呢……街上的人群就是这样散开的,也没有什么队列了,就是朝前、后冲,直着冲,斜着冲。

然后就一个人都没有了。瞬间,一切都在冲撞的姿势中被冻住了。二楼,挂在半空中的那个玻璃笼子里,一个男人和一个女人正站着接吻,女人的身体朝后弯着。这一幕最后就永远地被定格了。

在一个街角，我碰到了一群来回摇晃的浓密灌木丛一样的脑袋。在这群脑袋的上空，有一面孤零零的旗子，上面写着："打倒机器！""打倒手术！"我（不是我）身体里的某个东西一时间想道："一个人的心中非得承受那么大的痛苦吗？这痛苦只有跟心脏一起挖掉才能彻底消除吗？在消除这种痛苦之前，一个人必须做点什么吗……"瞬息之间，整个世界上除了我那只拿着纸稿的动物一样的毛茸茸的铁手再也没有别的东西了……

就在这时，一个男孩出现了，他的整个身体用力地朝前倾着，下唇下面有一丝暗影。他的下唇外翻着，就像卷起来的袖口。他的整个脸也外翻着，他在号叫，在逃避某个像他跑得一样快的人的追捕。他的身后传来脚步声……

一看到这个孩子，我猛地想道："对呀，U现在肯定在学校。得赶紧赶到那里。"我赶紧朝最近的地铁站跑去。

在地铁站口，有个从我身旁跑过去的人冲我大声喊道："不营运！今天地铁不营运！那里正……"

我下去了。下面的情景的确太疯狂了。多面的水晶小太阳闪着光，站台上挤满了脑袋。一列空空的火车一动不动地停在那里。

就在这寂静中，一个声音传了过来：是她。我看不到她，却知道这就是她那个像鞭子一样柔韧、有弹性的声音。在那里，在某个地方，她的眉毛挑向太阳穴的方向，组成了一个锐角三角形……

我大声喊道："让我过去！让我过去！我得去……"

但有个人抓住了我的胳膊和肩膀,在这寂静中,我听到一个声音说道:"不要过去,快到上面去!他们会在那里治好你的病。他们会用富足的幸福把你的身体塞得满满的,等你吃饱了,就会平静地做美梦,跟大家一起打鼾——你没听到那首由鼾声组成的伟大的打鼾交响曲吗?你真是个蠢货,他们想把那些像蛆一样的问号、那些像蛆一样啃噬你的问号从你的身上夺走。你站好了听我说。赶紧上去做那个伟大的手术!就算这里只有我一个人,跟你又有什么关系呢?就算我不想让别人满足我的需要,跟你又有什么关系呢?就算我只想让我满足我自己的需要,跟你又有什么关系呢?就算我想要的是那些不可能得到的东西,跟你又有什么关系呢?"

另外一个声音沉重而缓慢地说:"哈哈!不可能得到的东西?也就是拼命追求你那些蠢得不能再蠢的幻想,让它们摇晃着尾巴在你的鼻子底下朝前跑?不,我们会抓住那条尾巴,踩烂它,然后……"

"然后,当着你的面把它吃掉,打着呼噜睡觉去。于是你的鼻子底下就会出现一条新的尾巴。听人说古时候有一种叫驴子的动物。为了让驴子一直朝前走,他们就在鞭梢上系个胡萝卜,挂在它的脑袋前面,却又刚好让它吃不到。不过那驴子如果真的碰到了,就会把它吃掉……"

突然那人放开了我,我赶紧冲到人群中她说话的地方。就在那一刻,大家开始朝前冲,发生了拥挤、踩踏的场面。后面有个人在喊:"他们来啦!他们朝这边过来啦!"灯光晃了一下就灭了,有人把电线割断了,人们就像雪崩一样四散奔逃,尖叫声、号叫声此起彼伏,脑袋、手指到处都是……

我不知道我们究竟在地铁里这样闹腾了多久。最后,我们爬到了一组台阶上面,前面有一道昏暗的光,但随着我们不停朝上爬,那道光也越来越亮了。就这样,我们又涌到了大街上,每个人都在朝四面八方逃窜……

只剩下我一个人了。风在呼啸,我的头顶刚好有一片灰暗的暮光。湿漉漉的玻璃人行道上,从很深的地方反射出灯光、墙壁和倒挂的人的影子。我手里的那卷异常沉重的手稿在拉扯着我朝下面走。

楼下的那张桌子旁依然不见U的影子,她的房间里也是黑漆漆、空荡荡的。

我去了楼上,回到我自己的房间,把灯打开。在那个狭窄头箍的挤压下,我的太阳穴在怦怦跳,我依然在那个紧闭的圈子里走着:桌子、桌子上那卷白纸、床、门、白色的卷筒厕纸……左侧屋子的窗帘拉着;右侧屋子的窗帘下,俯在书上的,是一个大秃顶,前额就像一个又大又黄的抛物面。额头上的皱纹分散成一排排几乎认不出来的黄字。有时候,当我们四目相对时,我就觉得这些黄色的字都是写我的。

……刚好21点。U进来了。我只清楚地记得一件事:我的呼吸声很大,我自己都能听见,只好不停地压制,可是却做不到。

她坐了下来,抚弄着大腿间制服下摆的褶皱。那双浅棕色的鱼鳃在颤抖。

"哦，我亲爱的，真是的，您受伤了？我刚一听到就……"

那根活塞杆就在我面前的桌子上放着。我一跃而起，呼吸得更厉害了。她听到了，话刚说到一半就止住了，与此同时，也不知道为什么，她也站了起来。我已经看准了她脑袋上我想要击打的那一块地方，我的嘴里涌出一股甜腻的东西，我赶紧摸我的手帕，却没有找到，我只好把那东西吐在了地上。

他就在右侧的墙外面，细密的黄色皱纹组合成的字——都是写我的。他肯定看不到。他要是能看到那才更叫我恶心了……我按下了电钮，就算我无权这么做，现在也无所谓了吧？窗帘放下来了。

她显然也感觉到了不对劲，马上就明白了怎么回事，便朝门口冲去。但我抢在了她的前头，我还在剧烈地呼吸着，我的目光始终未离开她脑袋上的那一块地方……

"您……您这是疯了！您竟然……"她朝后退，一屁股坐到床上，确切地说是摔倒在了我的床上，两只手紧紧交叉在一起，放在大腿中间，她整个人都在颤抖。我现在处于高压状态。我仍然死死地盯着她，我慢慢地把手伸到桌子上——只动了一条胳膊——把那根活塞杆抓到了手中。

"我求您了！一天——就容我一天！明天，我向您保证，明天，我就把该做的事都做了……"

她在胡说什么啊？我挥动了那根活塞杆……

我想我干掉了她。没错，我的陌生的读者们，你有一万个理由说我是个杀人犯。我知道我本该砸她的脑袋，倘若她不这么喊的话：

"以……名义……不要……我答应您……再给我一点时间……"

她用颤抖的一双手把制服脱掉,她那又大又黄又松弛的身体就朝后退倒在了我的床上……我那个时候才真正明白。她以为我拉窗帘……我把窗帘放下来……是因为我想……

真可笑,真愚蠢,我想到这里忍不住仰天狂笑。我这根压缩到极限的弹簧突然迸开了,我的胳膊失去了全部的力气,那根活塞杆哐当一声掉落在地上。在那一刻,我才亲身体会到大笑是一件多么可怕的武器。你放声大笑,甚至连谋杀本身都能干掉。

我坐在椅子上大笑——那是一种绝望、彻底的大笑。面对这种荒唐的处境,我找不到任何逃脱的办法。我不知道若任由此事自然发展会出现一个什么样的结局,就在这个节骨眼上,一个新的外界因素突然出现:电话铃响了。

我冲到电话机旁边,拿起听筒——也许是她打来的。对方的声音我并不熟悉:"请稍后……"

一阵令人心烦、永无休止的嗡嗡声。我听到远处传来一阵沉重的脚步声,那声音越来越近,越来越响,越来越像铸铁……然后,那个陌生的声音又说:"D-503吗?哈……我是造福主。马上来我这一趟!"叮当,他挂掉了电话。叮当。

U依然躺在床上,眼睛闭着,鳃裂得很大,笑着。我把散落在地上的衣服给她捡起来,扔到她的身上,从牙缝里挤出来两句话:"快点把衣服穿上!快点起来!"

她用胳膊肘支撑着自己的身体,她的乳房耷拉在一侧,她的眼睛睁得大大的,剩下的部分真像是蜡做的。

"什么事？"

"别管什么事了。快点，快点把衣服穿上！"

她抱着衣服浑身缩成一团，有气无力地说："请您转过身去……"

我把身体转了过去，前额抵着玻璃墙。灯光、数字、火花在黑暗、湿漉漉的镜子里颤抖。不，颤抖的不是镜子，是我。他为什么找我？莫非他早就知道她的事、我的事以及所有的事？

U已经穿好衣服站在门口了。我两步就跟了上去，紧紧握住她的手，就好像我能把我想要的东西从她的手里一点点挤出来一样："听我说……她叫……您知道我说的是谁。您把她的名字告诉他们了吗？有没有？跟我说实话，我必须知道。我对一切都无所谓，您只要跟我说实话……"

"没有。"

"没有？那怎么……您不是去那儿报告了吗？"

她的下唇突然朝外翻了出来，就像那个被人追赶的男孩那样，她的脸颊上流淌着泪珠……

"因为我……我怕万一把她的名字告诉了他们……您就有可能……您就不会再爱……哦，我不能那么做——我不能那么做！"

我懂了。这就是事实。这就是愚蠢、可笑的真实的人性。我打开了门。

笔记三十六

提要：空白页。基督教的上帝。关于我的母亲

出了一件怪事。我的脑袋就像空着的白纸。我是怎么到那里的，我又是如何等在那儿的——我完全记不起来了，连一个声音、一张脸、一个姿势都记不起来了。似乎我和这个世界的一切联系都被割断了。

意识恢复之后，我发现自己已经站到了他的跟前，但我害怕得不敢抬眼睛。我只能看着他那双放在膝盖上的铸铁大手。这双手就算对他来说也过于沉重了，感觉他的膝盖就要承受不住。他缓慢地移动着手指。他的脸隐藏在高处的一团迷雾中，他的声音在我听来并不像炸雷那样响，并未震聋我的耳朵，就像普通人的声音，可能是因为他是在一个很高的地方对我说话的。

"这么说……就是您了？您就是'一统号'的建造师？您本该使它成为最伟大的征服者。您的名字本该在大一统国的历史上开启一个新的、灿烂的篇章……您是不是也参与了？"

血一下涌上我的脑袋和脸颊，除了我那怦怦跳的太阳穴和那个带着回响的声音，我这张纸又变空白了，一个字也没有留下。等他不说话了，我才恢复了神智。我看到那只手在动，好像有千磅重，缓慢地举高，伸出一根手指，指向了我。

"嗯？您怎么不说话？是还是不是？您是不是刽子手？"

"我是。"我服服帖帖地答道。从那时起，他说的每一个字我都能听清了。

"那为什么不说呢？您以为我害怕这个词？您做过那个剥掉外壳检查它里面的实验吗？我现在就演示给您看。记住这个情景：一座蓝色的山，一个十字架，一群人。有些人在山顶上，浑身血污，正把一个人钉在十字架上；剩下的人在山下，满脸泪痕，在朝上望。您想没想到山顶上的那些人在整件事中扮演的是最艰难、最重要的角色？他们若不是主角，这幕伟大的悲剧还会上演吗？肮脏的人群嘘他们，但事实就是，他们本该从这幕悲剧的作者——上帝那里得到更多的奖赏。这个仁慈的上帝——这个用地狱之火活煎那些反对他的人的上帝——他自己不就是刽子手吗？那些在祭坛上被基督徒烧掉的人从人数上讲比那些被烧掉的基督徒要少吗？不，您要明白，尽管这样，上帝依然是那个被人们崇拜了数个世纪的上帝。荒谬吗？不，恰恰相反。这是一份用血写就的证书，证明了人具有持久的理智。人，就算处于最野蛮、最落魄的时代，也知道对人类的代数学上的真爱必须是残酷的，而残酷必然是真爱的标志。您能让我看到一种不灼热的烈火吗？嗯？证明给我看！跟我辩论啊！"

我怎么跟他辩论呢？我怎么跟自己的想法（以前的想法）争辩呢？我只是没有给它们穿上这样的闪亮铸铁铠甲罢了。我什么也没说……

"如果这表示您认同我的看法，那就等孩子们上床以后跟我毫无保留地谈谈吧。我想问的是：人们在脱离襁褓之后渴望的是什么？梦想的是什么？让自己承受这么大的痛苦又是为了什么？他们想让一个人告诉他们，一了百了地告诉他们幸福是什么，然后用一条锁链把他们和幸福紧紧地捆在一起。如果不是为了这个，我们现在还瞎忙活什么？那个关于伊甸园的古老的梦……记住，在伊甸园中，他们失去了一切欲望、怜悯和爱。他们是有福的人，想象力都被切割掉了（这正是他们有福气的唯一原因）。而天使，上帝的奴隶……此时此刻，这个目标我们已经达到，当我们像这样把它紧紧抓住（他使劲攥着他的手，攥得那么紧，就算里面有颗石头，也会被他碾碎），当我们再无别的事情可做，只差把猎物开膛破肚，割头去尾，分而食之——此时此刻，您——您……"

铸铁般的轰隆声突然中断了。我浑身通红，就像一块放在砧板上的生铁，正承受着锤子的猛击。那把锤子悄无声息地退了回去，然后……等待使我感到更加痛苦……

那个声音突然问道："您多大了？"

"32岁。"

"您幼稚得很,就像年龄比您小一半的16岁的孩子!听着,您是否真的想到过他们,我们现在还不知道他们的名字,但我们肯定能让您把他们说出来。他们想让您做'一统号'的建造师,只是为了通过您……"

"快别说啦!快别说啦!"我叫道。

这就像用手捂住脸冲着一颗向你射来的子弹大声喊"别射我"一样。那颗子弹穿透了你的身体,你倒在地上抽搐,却依然能听到你刚才喊的那句"别射我"。

是的,是的。"一统号"的建造师……是的,是的……我马上想起了U那张怒气冲冲的脸上那对颤抖着的砖红色的鱼鳃——那天早晨,当我们一同在我的房间里坐着时……

我清楚地记得:当时我放声大笑,抬起了我的眼睛。我的前面坐着一个看上去像是亚里士多德的秃顶男人,细细的汗珠正从他的秃顶上滴下来。

一切竟是如此简单。一切就这么简单又伟大,简单得可笑。

我笑得喘不过气来,呼哧呼哧直喘气。我用手捂住我的嘴,困惑地朝前冲过去。

台阶,风,湿漉漉、斑驳的灯光,人脸,我一边跑一边想:"不!我要去找她。再见她一次!"

又一张空白纸来到了我的面前。我只记得——脚。不是人脚,只是——脚,几百只脚,暴雨般的脚,从某个地方冒了出来,到了人行道上,每走一步都啪嗒啪嗒响。一首歌曲响了起来,不太好听,却很好玩,还有一个人在喊:"喂!过来!"

然后我就来到一个光秃秃的广场上,狂风起来了。广场中央:一个黑暗、笨重、邪恶的大东西——正是造福主的那台机器。看着它,我的脑袋里意外地出现了一幅类似回声的画面:一个白得刺目的枕头,枕头上躺着一个半闭着眼睛的脑袋,一排尖锐、甜蜜的牙齿……有些可笑,又有些恐怖,这一切竟然跟那台机器联系在一起了。其实我知道是怎么联系起来的,却依然不想去看,不想大声说出来。我不想,我绝对不能这么做。

我闭上双眼,坐在通向恐怖机器的台阶上。肯定是在下雨,我的脸都湿了。远处传来沉闷的喊声。但没人能听到我的喊声,没人听到我在喊:快救救我——救命!

我若能像古人那样有一个母亲该有多好,我指的是亲生母亲。我若为了她能成为——不是"一统号"的建造师,也不是号民D-503,也不是大一统国的一个分子,只是成为一个普通的人身上的一部分——被践踏、被挤压、被流放的一部分……无论是我被钉钉子,还是我在他们的身体上钉钉子——也许没有任何分别,我只希望她总会听得到别人都听不到的喊声,那时候,她那苍老的嘴唇,她那苍老的枯萎的嘴唇将会……

笔记三十七

提要：鞭毛虫。世界末日。她的房间。

早晨，在食堂里，我左边的那个人用一种受到惊吓的口气低声对我说："快吃！他们都看着您呢！"

我用尽全力才笑了那么一下。这种感觉就好像我的脸上长了个疖：我一笑，那个疖就越裂越大，我也越来越疼……

就这样吧。我刚用叉子叉了一块食物，手里的叉子就开始颤抖，叮当一声碰在了盘子上。之后，一切都开始颤抖，叮当作响，桌子、墙壁、碟子、空气等这些都开始抖动起来。外面，一阵巨大的铸铁般的噪音席卷过来了，盘旋在人头、房屋之上，朝天上飞去，然后声音越来越小，逐渐化为几乎不可见的小圈圈，就像水面上的涟漪，慢慢消失了。

我抬头看到众人的脸上都不见了颜色，一张张正在嚼东西的嘴巴被冻住了，一个个叉子也被冻在了半空中。

然后一切就乱了套，脱离了正常轨迹，每个人都从座位上跳起来（没有唱国歌），夺路逃窜，有的嘴里还嚼着东西，有的被噎得够呛，有的抓着对方的身体慌忙问道："那是什么东西？出什么事了？怎么了？"这台原本顺滑的机器此刻已变成一堆混乱的碎片散落在楼下，散落进电梯，散落在楼梯上、台阶上，啪嗒啪嗒的脚步声——只言片语——就像被狂风扯碎的信笺，到处都是碎片……

临近的几栋大楼里，人们也是一副惊慌的样子，过了一会儿，大街上就成了显微镜下的一滴水。封闭在透明玻璃水珠中的鞭毛虫们狂暴起来，纷纷朝两侧钻、朝上钻、朝下钻。

"哈哈！"一个得意扬扬的声音喊道，我眼前出现了某个人的后脑勺，还有一根指向天空的手指。我清楚地记得那片黄中透着粉红的指甲，指甲根部有一个白色的月牙，看上去就好像慢慢爬过水平线的月亮。而这根手指好似一个指南针，数百只眼睛都追随着它，齐齐地望向那天空。

天空中，乌云在拼命奔跑，就像在躲避某个无形的东西的追捕，它们相互推搡，不停在对方身上跳跃，而染上了云的色彩的警卫们的黑色飞机，垂挂着像鼻子一样的望远镜，朝遥远的西方望着，那边有些东西，就像……

起初没人知道那是什么东西。就连我，虽说知道的比别人多，也不知道这是怎么回事。那东西好似一大群黑色的飞机，其实只是一群小黑点，站在某个地方看都看不到。它们飞得越来越近了。刺耳、沙哑的声音像雨点一样洒落在我们身上。最后，我们终于看清了，原来是一大群鸟。它们遮盖住了整个天空，黑压压地组合成一个个慢慢下落的锐角三角形。它们受到暴风雨的蹂躏，此刻成群地降落在圆顶、屋顶、支柱、阳台上。

"哈哈！"又是那个得意扬扬的声音，与此同时那个人把头转了过来，我看清是谁了——原来是他，就是额头像甲壳虫的那个家伙。但早已不再是以前那个他——他此刻就像一本书，除了书名，别的都不见了。他就像从他那永远低垂的眉毛底下突然爬了出来，此时再看他的那张脸，眼睛周围、嘴角周围，一丛丛的毛发就像嫩芽一样茁壮地生长了出来，他在——微笑。

"您知道吗？"他在呼啸的风声、拍打的翅膀声和嘎嘎的鸦叫声中冲着我高喊，"您知道吗？它们冲破了那道高墙！那道墙，知道吗？"

我身后的某个地方，那些人把脑袋伸得长长的，正飞快地跑进大楼。人行道的中间，像雪崩一样，有一群刚刚做完手术的人在蹒跚而行（显然体重拖累了他们）。他们径直朝西边去了。

……他毛茸茸的嘴唇和眼睛周围散发着光芒。我一把抓住他的手："听着！她在哪儿——I-330在哪儿？她在墙那边吗？我需要知道，您听到我在说什么了吗？马上告诉我，我不能……"

"在这儿！"他龇着坚固的黄牙吼道，就像一个龇牙咧嘴的醉汉。"她就在城里，她正在行动！万岁！我们都在行动！"

他说的"我们"是谁？我是谁？

这人旁边还有50个人，和他长得一模一样，也都从眉毛底下爬出来的，大声地说着话，一副快活的模样，都长着坚固的牙齿。他们张大着嘴吞咽暴风雨，挥舞着致命的带电的武器（看着不吓人，可这些东西他们又是从哪里弄的），他们在朝西走，跟那些刚做完手术的人走的是同一个方向，很快，两批人就并行在了48号大街上。

我在由狂风编造的乱七八糟的锁链中奋力朝她的方向跑去。这是为什么？我不知道。我不停地摔跤，街上空荡荡的，整个城市变得奇怪、变得狂野，那些鸟儿永远不会停止那得意扬扬的嘎嘎叫声——末日来了。我路过几栋大楼，透过玻璃墙朝里望去（这一幕深深地印在了我的脑海里），连最后一点羞耻也抛弃了的男女号民正在疯狂地交配，这会儿他们连窗帘也不拉了，也不用什么粉红色票据了，大白天的就在……

那栋大楼……正是她的那栋大楼。门似乎不见了，敞开着。楼下管理员的桌子上空空的。电梯好像卡在了竖井中的某个地方。我气喘吁吁地爬上无穷无尽的楼梯。我跑进过道。门牌号像车轮上的辐条一样从我的眼前飞过：320、326、330……I-330！

我透过玻璃门朝里面看去。屋子里乱七八糟，所有的东西都混在了一起，都被踩扁了。有个人匆忙中扔过来一把椅子，此刻这把四腿朝上的椅子就永远地停留在了空气中，看上去活像一头死奶牛。床从墙角那里胡乱地被拖了出来。粉红色票据散落在地上，就像被践踏过的花瓣。

我弯下腰捡起一张粉红色票据，然后又是一张，又是一张：上面都是D-503的名字。原来每张票上都有我，我融化了，上面就溅满了一滴滴的我。给我留下的就只有这些了……

我隐约觉得不该就这样走掉,不该让那些票就那么躺着。我又捡了一大把,放在桌子上,很仔细地一一摊开,看着它们——开始大笑。

我以前不知道,现在却知道了,你们也知道了:大笑由不同的色彩组成。大笑只是你体内爆炸发出的遥远的回声。大笑可以是节日的色彩:红色、蓝色、金色的烟火。大笑也可以是被炸得血肉横飞的人的尸体……

我在票上瞥见了一个我从未听说过的名字。我不记得那个号民了,只记得开头的字母是个F。我把所有的票拂在地上,用脚后跟狠狠地踩踏着,连有我名字的那些也包括在内,然后转身离开……

我坐在长廊里对着她的房间的一个窗户上等着,我徒劳地等待着,漫长地等待着,也不知道自己到底在等待什么。左侧传来了笨重的脚步声,是个老头儿,脸就像一个泄了气的空皮囊,如今已经塌了,打着褶子,然而依然有某种清澈的东西不停地从那空皮囊里流出来。我最后才大概弄懂了,那是眼泪。待他走远了我才回过神来冲他喊道:"打扰一下……请问,您认识号民1-330吗?"

老头儿转过身来,绝望地摆了摆手,又蹒跚着走开了。

黄昏时分,我回到我的房间。西边的天空每隔一秒就会抽搐一下,散发出淡蓝色的光,那沉闷的响声就是这么来的。鸟儿们栖息在四周的屋顶上,就像一堆闷燃着的黑木头。

我躺在床上,睡意就像一头猛兽,马上扑倒在我的身上,咬住了我的咽喉……

笔记三十八

提要:（我不知道要点是什么，也许概括为烟蒂就可以了）

我醒了，阳光强烈得刺痛了我的眼睛。我眯起了眼睛。我的脑袋里有一团有毒的蓝色浓雾，一切都笼罩在这层雾气中。透过这迷雾，我听到自己在说："可是……我始终没有把灯打开啊——怎么会……"

我从床上跳了起来。我坐在桌子旁，I-330用手托着下巴，脸上露着讥讽的笑，在看着我……

我现在也坐在那张桌子旁边了，我在写东西。它们已经在我身后了——那粗暴地被挤进藏于我体内的那些无比紧张的弹簧里面的10分钟或者15分钟。但在我看来，她就好像刚到一样，刚刚进来随手把我房间的门关上，我还可以跟上她，抓住她的手——

也许她还会大笑着对我说话……

I-330坐在桌旁。我朝她跑了过去。

"是您,是您!我——我看到您的房间了——我还以为您早就……"

我离她那么近,但冲到半路上,我竟然发现自己已经快要撞到她那锋利如标枪、永远凝固的眼睫毛,我只好停下脚步。我记得那次在甲板上,她也是用这样的眼神看着我。我只有一秒钟的时间,我必须得想个办法出来把发生的一切都告诉她,希望她能理解我……否则,就永远不会……

"听着,I-330……我得……我得把一切原原本本地告诉您……不,您要稍等片刻——我想喝点水……"

我的嘴很干,就像被吸墨纸黏住了一样。我想在嘴里灌点水,却做不到,只好把水杯放到桌子上,用双手抓住了那只大水壶。

我现在看清楚了,那蓝色的烟雾是从一根香烟上冒出来的。她把烟送到嘴边,狠狠地吸了一口,贪婪地吸着烟雾,就像我在贪婪地喝水一样,她说:"别瞎忙活了。您什么也别说。无所谓了,您看到我来就好了。他们正在楼下等我。您想让我们最后共处的这几分钟变成……"

她把烟蒂扔在地上,隔着扶手椅的扶手俯下了身体(电钮在墙上,很难够着),我记得我那把椅子摇晃了一下,两条腿就离了地。然后窗帘就被放下来了。

她走了过来,伸出两条胳膊把我搂住,紧紧地搂着我。我隔着裙子感觉到她的膝盖,在缓慢释放着温柔、温暖、能渗透到全身的毒药……

突然……这种事有时会发生在你喝醉了正美美地沉睡的时候——突然有个东西刺痛了你,你赶紧跳起来,你的眼睛再次瞪大了……现在就是这种情况:我突然想起了她房间里那洒满了被践踏了的粉红色票据的地板,粉红色票据上还有个字母F,有些上面还写有数字……它们团成一个球射进我的体内,就算是现在,我也说不出那种感觉,但我还是紧紧地把她搂在怀里,我搂得那么紧,她都痛得叫了起来……

又过了1分钟——这10分钟或者15分钟中的1分钟——她的头就躺在了我那白得刺目的枕头上,她的眼睛半闭着,露出两排尖锐、甜蜜的牙齿。这一幕总是让我想到一件事,我怎么都忘不掉的一件事,我本不该想起的愚蠢、痛苦的一件事——就算是现在也不该想起。于是我更温柔、更粗暴地抱着她,我的手指在她的身体上掐出了越来越清晰的蓝色印记……

她说(我注意到她没有睁开眼睛):"他们说您昨天去造福主那里了。有这回事吗?"

"是的,有这回事。"

然后,她把眼睛睁得大大的,我欣喜地看到她的脸极快地变白、变模糊,最后消失了,只剩下了眼睛。

我把一切都跟她说了。只有一件事——我说不清原因,却知道我这么做是对的——我没有对她说:造福主最后说的那句话,说他们需要我,只是想通过我……

然后，她的脸就像泡在显影剂中的照片逐渐显现出来：她的脸颊、她那洁白的牙齿、她的嘴唇都显现了出来。她站起身，走到有镜子的那扇衣橱门前。

　　我的嘴又干了。我为自己倒了一杯水，但一想到要喝水我就恶心。我把杯子放在桌子上，问："您就是为这个来的吗？因为您想知道这件事？"

　　她看着镜子里的我，她的眼眉组合成的那个透着嘲讽的锐角三角形被她挑到了太阳穴那里。她转过身来想跟我说点什么，却什么也没说出来。

　　她没必要说。我知道的。

　　跟她说再见？我动了动我的——也许是别人的——脚，脚碰到了椅子，椅子就滚翻在地，躺在那里死掉了，就像她房间里的那个。她的唇是冰冷的，就像我房间里靠床的地板，有一次也是这样的冰冷。

　　但她走以后，我坐在地上，弯腰捡起了她丢落的那个烟蒂。

　　我写不下去了——我不想写！

笔记三十九

提要：结局

这一切就像加到饱和溶液中的那最后的一粒盐：晶体长出钢针一样的毛，很快开始蔓延、变硬、凝固。我心里很清楚，事情就这样定了。明天早晨我就去做那件事。对我来说，这无异于自杀，但也许只有用这个办法我才能复活。因为，万物死后才能复活。

西边的天空每隔一秒钟就会抽搐一下，反射出蓝色的光。我的脑袋像着了火，在承受猛烈的攻击。我整晚就这样坐着，早上7点才睡着，那个时候，夜色已经没那么浓了，天空开始现出鱼肚白，还能看到屋顶上遍布的黑点一样的鸟。

我醒来时已经10点了（今天早晨显然没有闹铃）。昨天我没喝的那杯水还在桌子上放着。我口渴得很,一口气把水喝光,跑了出去。我今天有好多的事要做,必须抓紧时间。

暴风雨穿透了天空,让天看上去蓝蓝的、空空的。阴影的尖角都是从秋日的空气中切割出来的,脆弱得很,生怕摸它们一下,它们马上就会变成玻璃碎末,被风吹走。我的心情也是这样:什么也不想,什么也不要想,什么也不要想,否则就会……

我不想,甚至也不看,那不过是一些泡影罢了。我到了人行道上,从某个地方冒出来一些绿色、琥珀色、猩红色的树叶。我的头上:鸟儿和飞机匆匆打着转,穿插过彼此的路径。在那边:脑袋、张着的嘴、挥舞着枝条的手。那肯定就是下述声音的来源了:嚎叫声、嘎嘎声、嗡嗡声……

然后,街上也是空荡荡的,就好像刚刚被瘟疫袭击了一样。我想起来我好像碰到了一个什么东西,那东西软得叫人受不了,又很有柔性,我怎么踢它都踢不掉。我弯下腰一看,一具尸体。那尸体仰躺着,四肢伸开,膝盖弯着,像个女人。那脸……

我认出了那个厚嘴唇,就是现在,那嘴唇好像还在笑着,里头还流着唾沫。他的眼睛斜闭着,正好像在对着我大笑。我赶紧从尸体上跨过去,跑掉了,我不能等着,我得赶紧把所有的事情做完,否则,我觉得自己就会崩溃,就会像一条超负荷的铁轨那样扭曲变形……

幸好我只走了20步就看到了那几个金色的大字:保卫局。在门口,我停住了,深呼一口气,这才进去。

大厅里是一眼看不到头的号民,有的拿着一摞纸,有的拿着厚厚的笔记本。它们都在慢慢地朝前挪动——一步，两步——就又停下了。

我顺着这排人朝前疾走，我的脑袋痛得厉害，我拽人家的衣袖，求人家让我先过去，就像一个病人恳求医生给他药吃，好让他一了百了地消除那无尽的痛苦。

有个女人在制服外面紧紧地束着一条腰带，就束在腰那里，两片肥大的屁股上面，她的大屁股不停地左右扭动着，就好像上面长了眼睛，冲我哼道："这人肚子痛！把他弄到厕所去，就在那边，右边第二扇门！"

人家笑话我。这笑声使我嗓子眼里的某个东西朝上蹿，我刚想大叫，或者……或者……

有个人突然从我身后抓住了我的胳膊肘。我回头一看，是那对像翅膀一样的耳朵。只是那双耳朵不再是平时的那种粉红色，而变成了鲜红色，他的喉结在上下乱窜，就好像随时都会把他那个细脖子撑破一样。

"您干吗呢？"他盯着我问。

我一把抓住他："快跑！我们去您办公室。……一切——我得……现在就去！我真高兴，原来是您……也许跟您说会有些可怕，不过这样也不错，我很高兴……"

他也认识她，这让我感觉更加痛苦，不过也许他听了我对他说的也会吓得浑身发抖，让我们一起把人杀掉吧，这样在最后的那一刻就不只有我一个人了……

门砰的一声关上了。我记得在门关上的那一瞬间，有张纸被

245

卡在了门下面，随即滑过了地板，然后一种特殊的、闷塞的死寂就像钟形罩子一样盖住了我们。他要是说一个字，不管说什么，就算是说一个没有任何意义的字，我也会把一切都和盘托出。但他什么也没说。

我浑身紧张得耳朵都疼了。我说（不是看着他说的）："我想我一直都挺恨她的，从一开始就恨。我一直在挣扎……可是，不，不，您最好不要相信我。我能自救，可我不想，我是来寻死的，死对我来说比任何东西都重要……我的意思不是去死，而是希望她……就算是现在，就算是现在我什么都知道了……您知道的，您知道我被造福主叫去训话了吗？"

"知道，我知道这事。"

"可他跟我说的……您知道，他跟我说的那些话就好像要把脚下的地板翻起来似的——您，连同桌子上的一切，纸、墨水……墨水就会喷溅出来，洒下无数个小黑点……"

"快说！快点。别的人还等着呢。"

然后我就把这个让我透不过气来、让我感到极其困惑的故事都跟他说了，我把笔记里写的东西都告诉了他。那个真正的我，那个浑身长满粗毛的我，那次她说我的手的事——没错，事情就是从那个时候开始的——我从那个时候起就如何不愿尽职尽责了，我如何愚弄、欺骗自己，她如何帮我开到假病条，我如何一天天地腐败、堕落下去，那边的那几条长廊又是怎么回事，还有那……墙那边又是怎么回事……这些我都跟他说了。

这些话就像一些大小不一的肿块，被我上气不接下气、结结巴巴地说了出来，我也不用想我该说哪些话，该用哪些词。那个身体两道弯的家伙把嘴撇着，露着讥讽的笑，把我想说的话统统递给了我，然后我还得感谢他，不停地跟他说，是的，是的……这样就（就怎么样了）。这样他就算是在替我说话了，我听着就行了："没错，然后呢？就是这么回事，没错，没错！"

我觉得我领口周围的皮肤变冷了，就好像有个人在那里涂抹上了一层乙醚，让我几乎无法自控地问："可是怎么……您就没有别的办法？"

他没说话，他那个讥讽的笑更弯了……然后，他说："您知道的，您一直想对我隐瞒什么东西。您把那天您在墙那边看到的那些人的名字都跟我说了，可有一个人的名字您忘了说。您敢说您没忘？您不记得您在那边看到——就在一瞬间，有个人影一闪就过去了——忘了吗？那个人就是我。没错，就是我。"

一阵沉默。

这话就像闪电，猛地击中了我的脑袋，让我不知羞耻地清醒过来：他跟他们是一伙的。我所做的一切，我的一切的痛苦，我鼓起一切勇气到这里来要讲述的一切，我的英勇事迹——这一切都变成了一个笑话。这就像那个亚伯拉罕和以撒的古老故事。亚伯拉罕浑身冒着冷汗，已经高高举起了砍刀，就要亲手砍下自己儿子的脑袋，可就在这千钧一发之际，天上有个声音对他说："别当真！我只是在开玩笑……"

我的目光始终未离开那个变得越来越扭曲的讥笑，我用两只手撑着桌子边，慢慢地、慢慢地把椅子朝后推，然后突然一跃而起,就好像把自己抱在了怀里,从屋里冲了出来,我冲过了喊叫声,冲过了台阶,冲过了一张张的嘴……

我不知道我是如何冲到地铁站的公厕的。公厕上面,一切都毁了,整个人类历史上最伟大、最理性的文明坍塌了,但在这里,有个人竟然可笑地想要让一切保持原来的模样,让一切还像以前那样伟大。好好想想吧,这一切都已经被毁灭,这一切就要被荒草淹没,以后除了"神话"再也不会剩下别的什么东西。

我大声呻吟。就在这个时候,我感觉有人安慰性地碰了碰我的肩膀。

正是吃饭时坐在我左边的那个人。他的前额就像一块巨大的抛物面,皱纹上覆盖着难以辨认的黄色的文字。那些字都是写我的。

"我了解您,我完完全全了解您,"他说,"别紧张,放松点。别这么紧张。这一切无疑还会回来的。唯一重要的是,每个人都应该好好听听我的发现。您是第一个听我说这话的人。我已经算出来了,永恒并不存在!"

我愤怒地看了他一眼。

"没错,我跟您说的是真的。无限并不存在。如果这个世界是无限的,那么宇宙间物质的平均密度就等于零。可是既然宇宙间的物质并不等于零——这个我们都知道——那就说明宇宙是有限的。宇宙是球形的,它的半径的平方,就等于物质的平均密度,再乘以……我只需算出这个系数,然后就能……您明白吗,一切就有了答案,一切就会变得简单,一切就都能变成可以计算的了。然后，我们就会在哲学上赢得胜利，您明白吗？可是您，先生，竟在阻止我完成这个计算，您在大嚷大叫……"

我不知道到底哪个更令我震撼——他的发现，还是他在末日这一刻所表现出的那种坚定。他手里（直到现在我才看到）拿着一个笔记本，还有一个对数表。我知道，就算一切注定要毁灭，我也得把我的笔记写完（我要当着你们的面写完，我的陌生的读者们，因为这是我的责任）。

我问他借了张纸，我在上面写下了最后的几行字……

我正想加个句号，就像古人掩埋完死者要在坟头插个十字架那样，铅笔突然一晃，从我的手里掉了出来……

"听着！"我一把抓住我那位邻居，"听我说，听我说！您必须告诉我。您说的有限宇宙终止的地方——在哪里……在那个范围之外……又有什么？"

他还来不及回答我的问题。我的头顶，台阶上，响起了沉重的脚步声……

笔记四十

提要：事实。钟形罩。
我确信。

天亮了。天气晴朗。气压760毫米汞柱。

这些书页真的是我——D-503——写的吗？这真的是我的感受——还是说仅仅是我的幻想？

是我的笔迹。接下来还是我的笔迹，幸好也只是笔迹一样。没有疯话，没有可笑的比喻，没有情感。有的只是事实。因为我好了，完全好了，彻底好了。我在微笑——我忍不住微笑：他们从我的脑袋里取走了一块碎片，现在我的脑袋空荡荡的，无比轻松。或许说空荡并不恰当，那里只是没有了阻止我微笑的奇怪的东西（微笑是一个正常人的正常状态）。

事实就是下面我说的这些。那天晚上，他们抓走了我的那位邻居，就是发现宇宙是有限的那个人。一块被抓走的还有我，还有跟我们在一起的每一个人，他们把我们送进了那间最大的教室（大教室的编号是112，不知为何，我觉得这个编号很熟悉）。在那里，我们被捆绑在桌子上，接受了那个伟大的手术。

第二天，我——D-503——去向造福主汇报，把我所知道的有关幸福的敌人的名字都告诉了他。以前我怎么觉得做这件事那么难？我不知道其中的原因。那么只有一个解释：以前我有病（我有灵魂）。

还是在那天晚上，还是在那张桌子旁，我和造福主一起坐着，我身处那间著名的瓦斯室里（这是我第一次来这里）。他们把那个女人带进来了，要那女人当着我的面供出事实。那女人怎么都不肯说话，一直在微笑。我注意到她的牙齿又白又尖，她的牙齿很美。

然后，他们把她拽到钟形罩下面。她的脸变得十分惨白，她的眼睛又黑又大，因此她的样子看上去也是美的。他们开始抽罩子下面的空气时，她把头后仰，半闭着眼睛，紧咬着嘴唇，这一幕让我想起了一件事。她看着我，紧紧抓住椅子扶手，直到眼睛完全闭上。然后，他们把她拖出来，快速地用电极把她电醒，又把她拽到了罩子下面。他们这么干了三次，她自始至终没说一句话。跟那个女人一块进来的那些人看到这般情景就老实多了。很多人第一次受刑之后就开始坦白交代。明天，他们这些人都得登上通向造福主那台伟大机器的台阶。

不能再拖下去了，因为西部街区依然充斥着混乱、嚎叫、尸体和动物，不幸的是，有很多号民已经背叛了理性。

但在市中心的第40街上，他们临时建造起了一堵高压电波墙。我希望我们能胜。不但如此——我确信我们能胜。因为理性必胜。